一步万里阔

实习医生

Intern

阿布 著

中国工人出版社

【序言一】

最亲爱的身体 最秘密的心灵

闭上眼睛，我几乎还能清楚地回想起那些场景。

冷气过强且永远阴暗的值班室、开刀房电烧的气味、此起彼伏的 NOKIA 公务机铃声（啊，那是智能手机尚未普及的美好年代），以及聚集了分散在各个护理站的实习医师的员工用餐区。

那是 2010 年至 2011 年，我还是实习医师的那段日子，距今已八年多。

在这家时常变更的医院里，有太多地点永远被封存在记忆里了。值班室经历过重新装潢而变得明亮崭新，餐厅也大幅改建过，员工用餐区被打散，以前常吃的面摊跟热炒都已经消失了。开刀房虽然还在，但已永远对我关闭：我的员工证失去了进入开刀房的权限，像被神祝福的光环剥落，下次再进去大概是以病人的身份了。医院拆掉旧的停车场，在原有的土地上盖了新的大楼，一条捷运线延伸过来，附近购物商场、新的住宅大楼如雨后春笋般建立。有些人买了房子，当然，附近的房价也早已翻了好几番。

但我仍然住在实习医师时期住过的旧宿舍里面，室友是大学时代的同学。偶尔我们下班后相约吃晚餐，走过宿舍低矮的那段长廊时，会有一种错觉，仿佛这段逝去的时间并不存在；我几乎以为我们还是当年的实习医师，接到电话，赶赴插一床鼻胃管或补一笔医嘱。

然而当年一起实习的人，现在几乎都已在各家医院里升任主治医师，成为新一代实习医师们值班时的后援，或讲台前被仰望的对象。

《实习医生》里面的文章写于 2010 年实习开始以后，到 2012 年在非洲服替代役的那年期间。如同写作当时隐约感觉到的，这本书里写过的那些文章，我是再也、再也写不出来了。那些第一次急救、第一次缝合、第一次近距离逼视死亡脸孔的冲击，现在都已不复出现；脑海中取而代之的是大量鉴别诊断，与几乎下意识运作的临床处理流程。这几年间我获得了许多，也失去了许多；而吊诡的是，我失去的正是我所获得的那些部分。

我后来选择了一门未曾在《实习医生》里出现过的专科，成为精神科医师，通过专科考试后继续着次专科的训练；新书出版的当下，正准备要在同一家医院里成为主治医师。

主治医师之后就要成为带医科学生的那个人了。就像当年那些曾经指导过我的前行者们，我也将带领下一代的年轻医师，踏足医学这个引人入胜的领域，一起去进行一场探索。医学的火炬未曾熄灭，从前人的手中，一代又一代地交接给年轻的实习医师们。但学习者的身份还尚未卸下，就要开始成为指导者了，我真的有足够的资格（而非医院教职或期刊发表点数）带领那些初入临床的柔软心灵，去接触他人的受苦了吗？

在医学里，学习似乎永远没有停止的一天。有别于《实习医生》里所描写的身体疾病，精神科似乎更看重心灵的那一部分。但身体从未远去。在医学中心雪片般飞来的精神科会诊里头，最常见的乃是谵妄，那是一种因生理问题而产生的精神症状。即使我已经忘了大部分的内科知识，但那些年的经验偶尔会跳出来提醒我，这个病人的状况不对，需要提高警觉。也因为这样，我曾经在会诊时协助会谈到一半口喷鲜血而必须插管的个案，也曾在急诊时抓出了极为罕见的新诊断库贾氏症（Creutzfeldt-Jakob disease，简称 CJD）。那些当下我是多么感谢我曾接受过的训练，以及那些以自身的受苦，而让我成长的病人们。

但大多数艰深的内、外科问题，精神科医师是无法处理的。幸好经过那么多年，我的同学们都已是医院里各专科的高手了，有时不一定是正式会诊，即使只是聚餐时随口闲聊，都能让我获益良多。也有些人就此离开医学，成为人工智能专家或在药厂里担任要职，甚至只是单纯追求自己想要的生活。那些年曾经的实习医师们，现在四散在各自从事的领域里，努力成为自己当初憧憬的那个人。

或许我也走在形塑我自己的那条路上。即使我的行医之路大概不会再有那些鲜血四溅、生死悬于一线的急诊室或开刀房场景了（希望不会），精神疾患也鲜少出现如内、外科疾病那样奇迹般的好转，并就此完全治愈；大多数的时候，精神科医师角色与其说是治疗者，还不如说更像一个陪伴者，让每个人在各自的路上，受苦多少能够减轻一点。然而我还是在漫长的陪伴中，偶尔会获得不亚于治愈病人的成就感。那或许是拒学的中学生开始跟班上同学一起煮火锅的时刻；外人面前从不说话的小女生终于能开口和同学说话的时刻；或者频繁自杀的青春期少女说自己最近已不再割腕的时刻。那些时刻如微小的繁星一样点亮了治疗室，好像远处真的有一条银河，只要努力伸出手，几乎就能触及。

那些都是肉眼看不见，且无法被抽血检查的数值所定义的事，但我知道：即使很微小，但它们存在。

——写于 2019 年 5 月 16 日，值班室

注：

作者写作时台湾地区的医学训练制度如下：

医学系毕业生（七年）→ 一般科住院医师（PGY，全科医，一年）→ 固定某一专科（科室）作为住院医师（三至六年）→ 通过专科医师考试 →［研修医师（两年）→ 通过次专科医师考试］（大部分的科部需要）→ 主治医师

其中住院医师通常最后一年会担任总医师（总住院医师）的职位，负责管理资历浅的住院医师、协助处理住院医师处理不了的个案或急救、对医科学生和住院医师进行教学、处理诸多行政杂务，并准备即将来临的专科医师考试。

【序言二】

盗火者

站在开刀房内，我总觉得我是一名秘教的祭司，手执各种法器，准备进行一项禁忌的仪式。某些医疗行为简直是神话的隐喻，如在开刀房内放逐病人意识、接手调控生命机能的麻醉科医师；像远古部落里神圣与恐怖并存的仪式一般，羊水鲜血四溅的产房；或是如巫婆水晶球，可窥见微小血管病变先兆的眼底镜等。

这可能与医学浓厚的宗教血统有关。自古以来，有人的地方就需要医生的存在；每个文明均有自己的医学体系，在蛮荒时代，医师通常都由族里的巫师兼任。那时疾病鬼影幢幢，其成因还不是病毒与细菌，而可能是人体体液的不均衡、遭小人诅咒，或是因为冒犯了丛林中的鬼神，而降下灾祸。

即使在科学主导的现代，医学始终是个具有一半神性的科学。还有哪种学科能如此快速地解决人类当前所受的痛苦，穿梭于生死之间呢？更别提外科手术开心开脑，冷硬的器械直接侵入人类最脆弱的生命中枢，修正微调，再梦境般地缝补伤口，仿佛一切都未曾发生，疾病就已治愈。

近代医学可以说在抗生素这种划时代的发明之后，才开始加快脚步发展；而拥有我们今日所熟悉面貌的现代西方医学，其历史也才短短的不到一百年而已；又比如计算机断层（X 射线计算机断层成像，即 computed tomography）在二十世纪的七十年代出现，医师忽然可以透视进入活体器官；而又过三十年，计算机断层几乎已经是许多疾病的诊断准则，成为小型医院也会配备的标准设施。

我想到日剧《仁医》。男主角是回到幕末江户的现代神经外科医师，在那个美国炮舰刚敲开日本武士大门的时代行医。当主角制作盘尼西林对付梅毒，或用简陋的外科器械帮病人开腹开脑时，周遭的人应该也觉得这是某种妖术魔法吧。透过各类研究发明的堆砌，我们今天终于站在学术的制高点，凭着科学赋予的法力，与那些原本虚无缥缈的鬼神对话。

曾听过刚开始见习的学弟说，教科书都太过依赖那些病史询问与理学检查了，现在的医科学生只需要加强医疗影像与实验室资料的判读就够了；再精准的理学检查，或许也没有一张计算机断层来看得仔细。许多病人也这样认为着，觉得医师慢条斯理地在身上敲敲叩叩非常可疑，不知是否不会看病或在图谋不轨；而健保费都缴了，来医院就是要抽血、照核磁共振，享受各种高科技服务，才算精确诊断，才能回本。

考完医生资格证之后，我被分发到非洲的医疗团服役，见识到古老时代医学的原貌。小国家全国上下连正规医师数量都不足，而即使身处该国一线的医学中心，医疗资源仍然极度缺乏。那是在其他地区无法想象的：例如整间医院的生理食盐水已经缺货数月，最简单的胸部 X 光时有时无，而抽血报告则很久都没看过了；更别提计算机断层，它早在几个月之前就已经故障待修。

于是医师所剩可以信赖的武器，就只有挂在脖子上的听诊器，以及口袋里的叩诊锤与笔灯了，医学又回到丛林里，没有科技作为后盾的时代。在这里，死亡是命运的旨意，艾滋病是魔鬼的诅咒；医师在病房内治疗，牧师在病房外布道（也常会走进病房内，那个印象中该属于医师的领域）。没有无谓的医疗纠纷，没有处处受制于保险规范的医疗行为；病人川流不息，有些过世了，有些康复出院，医师坐镇于此，用最古老的仪式，重新学习谦卑地面对那些疾病。医学与宗教在此合而为一，找回神性的柔和光芒。

我想到古老神话中的普罗米修斯，天庭的盗火者。

医师的武器几乎都来自死亡（大体、组织、病理切片）与疾病（病人受苦难的病史、各种病理机转在身上留下的痕迹与线索等）；而如王溢嘉医师在《实习医师手记》中所言，又有怎么样的职业，可以用如此客观、理性的态度来审视同类的痛苦呢；我们的职业，无非披着冷静的白袍，如端详一个意大利手工皮件或一件北宋窑烧瓷壶那样，指认神经解剖学实验里被切片的大脑；或将各种探测仪器管路伸进体腔内，像锁匠眯着眼把铁丝探进小小的锁孔，东钻西撬，想破解那深埋核心的秘密。

前辈王溢嘉医师在医学系毕业后放弃行医，全心投入文坛之后曾说，他觉得对医学有所亏欠。那是一种在不知情的状况下，意外参与了某些禁忌的秘密，一种盗火者的歉疚感。

而数十年后的今天，台湾医疗在健保给付与浮滥诉讼的夹攻之下愈来愈难生存，而被打落凡间的医师们，动辄成为舆论批斗的对象。医患关系扭曲为服务业与顾客，法庭上医师被视为罪犯，而新闻播出的赔偿金额屡创新高。没医德贪健保草莓族[1]等字眼漫

1　无法承受很大的挫折，像草莓一样脆弱的人。台湾中年人通常用此来嘲弄或斥责年轻人。

天飞舞，这更像普罗米修斯盗出火种所付出的代价了；昔日的英雄被人遗忘，放逐到荒凉的高加索山上，在石柱上铐上脚镣，日夜承受秃鹰啄食肝脏的痛苦。

然而，偶尔宣布病人治愈而可以出院时，他们脸上会露出一个欣慰的笑容。那就像是微弱的火苗，黑暗里一闪即逝，却提醒着我们，曾经从天庭最深处盗出的火种，在寒冷的夜里，足以提供温暖与光。

于是，年轻的普罗米修斯们又披上白袍，睡眠不足地走出值班室，准备接受新的考验。那些偷渡出境的火苗，有些熄灭了，有些烧得更旺；或许有一天，人间的夜晚会因为火种而不再寒冷，而盗火者终于能得到谅解，解开手铐脚镣，重新回到他该去的地方。

注：

此书曾于2013年由天下文化初次出版，原书名为《实习医生的秘密手记》。

目
录

火　炬

——新手上路，装备记事

那些都是肉眼看不见，且无法被抽血检查的数值所定义的事，但我知道：即使很微小，但它们存在。

成　为

——失去的，正是获得的

那些时刻如微小的繁星一样点亮了治疗室，好像远处真的有一条银河，只要努力伸出手，几乎就能触及。

附　录

火炬

——新手上路，装备记事

那些都是肉眼看不见，且无法被抽血检查的数值所定义的事，但我知道：即使很微小，但它们存在。

白 袍

大四上学期，我们领到人生中第一件白袍。

那是为了社区医学这门课，必须要穿着白袍到医院诊间、卫生所或山地医疗站等地方见习。白袍作为进入临床医学大门的识别证，穿上白袍，我们就被赋予接触同类最深沉的病痛与隐私的权力。即使那时候连基础医学课程都还没上完，听诊器、笔灯什么的也没买，我们就已领到一件白袍，心里虚虚的颇为不踏实；仿佛从未来的时光中，动用了什么信用卡之类的魔术，预支了这样一个医者的形象。

即使严格来说，这时的我们尚未进入医学的大门。

套量白袍的那天，医学大楼底下乱哄哄一群人围着。厂商阿姨从人堆中拿了几件不同尺寸的样本白袍往两手空空的我们丢过来，接在手里沉甸甸的，布料颇有分量：那些样本白袍不知是有人穿过或被太多人套量过，领口、袖口有些油腻黄黑的脏污。很难想象这就是我们日夜苦读、向上天所酬换来的治愈能力象征。

过了几天，四套崭新的白袍发了下来，一群大四的小鬼头兴奋地将那些飘着纸浆味、硬邦邦笔挺挺的白袍珍而重之放进背包。之后要用到它们的日子里，总会看到稚气未脱的男孩们特意穿了衬衫、打领带，外面罩上折痕犹在的新白袍，怯生生在医院走廊上东张西望。

那时候许多见习的科目都是由该科总医师带我们上课。总医师学长坐在长长会议桌的另一端，在计算机放出来的投影片前，对着我们这些菜鸟讲解该科各种检查与常见疾病。投影机冷色的灯光下，学长里面穿着蓝色的值班工作服，外面披着白袍，衣摆上有一斑一斑黄色咖啡色的各种污渍（看起来像碘酒），袖子高高卷起至手肘，这让黑暗里卖力挥着手示范理学检查的学长更显憔悴；仿佛阿嫂或工友之类的，在累了一天的工作之后，站在菜贩前指手画脚地杀价。

“天啊，你看到他的白袍没有，超恶心的！而且袖子卷起来真的有够丑，我以后绝对不要穿成这样。”坐在前面的同学回过头来小声跟我说。

两年多之后，我自己也进入了医疗业务的核心，穿上了蓝色值班服变成实习医师。这个晚上的急诊室相当忙碌，外面义工又推进一床吞安眠药自杀的妇人。那中年妇人相当顽强，即使神志模糊，对于放到鼻孔边洗胃用的鼻胃管还是极力抗拒，全身不断扭动；好不容易靠着家属压制手脚放入鼻胃管，洗胃时，活性碳却又不小心在管子内压力太大爆开，墨汁般喷得满身满脸。还没来得及清洗，护理师又拿了另一床的导尿包给我——这是一个中风的伯伯，将纸尿布打开时却发现里头已经一团粪尿模糊。正在跟家属一起手忙脚乱清理，布帘外护理师又喊："实习医师，帮我做一床心电图噢！"

这个时候，我突然觉得身上宽大的白袍很是累赘；那件领口与袖口已经脏兮兮积满黄色污垢的白色布料，背后是多么庞大而沉重的隐喻。光鲜亮丽的白袍只存在于刚拿到手的那一刻：那些沾在其上的污渍，像是病人们挥之不去的病痛和苦难，一部分吸收为知识，其余糟粕则沉淀为白袍上洗也洗不掉的污渍。白袍的宿命从穿上它的第一天起就开始变旧、变脏，那些污垢注定紧紧依附着我们，随着我们变成总医师、主治医师，一直到终于要脱下白袍的那一天为止。

面 具

还没开始接触病人之前，我们就先学会戴上面具。

正式进入实习生活的前几天，密集的职前训练中必然有一堂课是关于传染病防护。这堂课会把穿着崭新白袍、昏昏欲睡的实习医师叫醒，让同学互相帮忙穿上太空装般的隔离衣，戴上口罩；彼此熟悉的脸孔隐没在一身制式盔甲之内，像电影里即将执行任务的航天员或特种部队。负责感染控制的资深督导则列举了肺结核、SARS 等疾病，在一旁严肃提醒：以后不管怎么热怎么烦，在接触病人之前，一定要戴上口罩。

我们也学会如何正确穿戴外科无纺布口罩：对好口鼻，上下拉开，绿色无尘的布面刚好遮住大半张脸：四条白色长系带打个结系于后方，走起路来白色带子衣袂飘飘。我们看起来简直像是真正的医生，但其实心里明白，这只是如特务探员潜入敌方基地的伪装，一种在病房之间行走的保护色。

我们需要口罩。

口罩不只能防止传染病，也如同我们的青铜面具，背后撑起医学威严的大旗，虚张声势，企图遮掩面对张牙舞爪的疾病时，脸上泄露出的惶恐与挫败。值夜班时，往往赶到值班区域还来不及放下背包，病人的各种状况就已紧追而来：“为什么我爸爸还一直在发烧？”“她什么时候才可以下床走路？”“我妈她那么喘要怎么办？”我没一个有确定答案，灰头土脸，连忙拉上口罩掩饰一脸心虚，溜回护理站打电话请求救兵。

曾有忘记戴上口罩的惨痛经历。在教学医院中，新病人住院时通常是实习医师与住院医师负责第一线的病史询问，一方面分担工作量，另一方面也是学习自己面对病人：而这次我刚匆匆踏入病室，还没来得及戴上口罩，就对上了病人家属狐疑的目光。果然，她开口便是：“你那么年轻……会看病吗？”眼神瞅着我上下打量，充满了冷冷的不信任感。

我只能好声好气地安抚，“阿姨，这里是教学医院，先由我来问一些问题，等等会有住院医师过来再看一次。”

“不要！叫你们主治医师过来，我儿子不是给你们这些实习医师当作实验品的。”她丢下这句话，别过头去再也不看我一眼；留下我尴尬地愣在原地，空荡的病房里回荡着她掷落的决绝语声。我身上的全副武装：脖子上的听诊器、装满了口袋书的沉重白袍，以及那副来不及挂上的口罩，这时统统变成了可笑的装饰品。

而随着实习经验的积累，举止渐渐变得老练，我们也学到该把口罩脱掉的时机。

在小儿科时，几乎每一个小朋友一看到我靠近就哭，绝无例外。明明什么都还没做啊！正当我还摸不着头绪的时候，资深的学姐脱下白袍，除去口罩，露出一张甜甜的笑脸。

神奇地，原本土石流般的哭声开始转小：接着学姐蹲下，拿了一张海绵宝宝贴纸送给小朋友，摸摸他的头，玩起“听诊器捉迷藏”的游戏。在小朋友最后终于察觉不对准备要开始大哭以前，已经三两下干净利落地完成了必要的身体检查。

无论再怎么伪装，这副绿口罩的面具，在孩子们眼中大概像是从噩梦里偷渡出来的鬼脸吧：面具背后藏着的是狞笑的医生，打针、药丸，以及随之而来的各种令人不舒服的未知刑具。在大人世界里代表了医疗专业的口罩对他们来说，是一张没有表情的脸，机器人般对正发着烧的他们，施以冰冷的惩罚。

然而很多情况下是无法脱去口罩的。高中时，SARS 风暴袭台，街上的行人纷纷戴上了口罩。那时面对无孔不入的传染病，人人自危；不小心喉咙稍痒干咳一声，马上被周遭恶毒的目光万箭穿心，仿佛来自病魔的奸细。即使电视上卫生署官员亲赴火线呼吁，日常生活并不需要用到 N95 这等高阶口罩；然而黑市 N95 口罩价格飘涨反映了不断增温的恐惧，人们也乐于采购那些防毒面具戴在自己脸上，同时也戴在心上。一时之间，人与人的相处纷纷加装了铁窗，每个人都戴上了面具，没有表情，任何不必要的对话与人际关系均为不速之客，非请勿入。

而真正需要用到 N95 口罩的，恐怕是在面对那些被关在病房走廊尽头、孤伶伶隔离室里的病人时了。每层楼会留一间隔离病房给那些高传染性疾病的患者：两道门，负压调控，锁妖塔般层层把关，缚住地底镇压着的鬼神，生怕那些肉眼无法看见的妖孽，一个不小心就会从门缝溜出去为害人间。关上房门以后，我们唯一能赖以防身的，就是脸上罩着的那碗状的 N95 口罩：小心啜饮着面前那一钵符咒涤净的无菌空气，满室病菌群魔乱舞中的定风珠。

N95 其实又热又难呼吸，每个人都避之唯恐不及：偏偏这次进住的病人背后有个碗大的褥疮，一天三次换药的工作就落到实习医师的身上。进去之前，戴好口罩，如临大敌：里头是个患红斑性狼疮而多重器官衰竭的中年女性，服用大量类固醇，偏偏又得了流感重症，肿胀苍白的躯体瘫软在病床上。长期卧床的结果，造成腰骶部喂养了个碗大的褥疮；我的工作是用棉枝沾优碘与食盐水，伸进去细细清理那个火山口——里头血肉与脓汁交缠，深处隐隐有岩浆流动；金黄色葡萄球菌、绿脓杆菌，五彩斑斓的细菌名字在伤口的调色盘上，每天调出或深或浅的疾病涂鸦。

某一天隔离解除，她被移到普通病房；我戴着普通口罩，如常进去换药，推开门却只闻一股猛烈的恶臭扑鼻而来。一条结满腐败之花的气味小径，揭开层层被黏黄渗液浸透的纱布，路的尽头果然是那褥疮，妖异而斑斓地盛开着。我忍不住皱起眉头，借着口罩的掩饰在底下张嘴大口呼吸，但臭味却如影随形地仿佛能钻入鼻腔，渗进脑髓。

那是死亡的气息吗？血肉之中裂开永不愈合的伤口，褥疮如磨，生命自此一点一滴化为脓血。口罩以内是安全而健康的净土，而口罩以外是瘴疠之气蔓延的蛮荒；我们将自己关在健康的防护罩之内，外界花开花落，看似简单的一小块布所隔开的，其实是两个世界如此巨大的鸿沟。

她在某个我值班的晚上过世了。家属早有心理准备，没有哭喊也没有急救，看着心电图上那条线愈跳愈缓，最后变平。住院医师宣布死亡之后，我留下负责将管路拔掉，伤口阖起。

引流管顺利自体内移除，白稠的脓夹着气味顺势涌出，赶紧以纱布擦去，用带线的弯针穿过皮肤，打结缝合，将之永远封印在体腔里面。背后那曾经每天与之奋战的褥疮实在太大了，无法缝合，只好用纱布填回去盖好。最后一条胶带贴上之后，那臭味的源头，再也、再也不会被打开了。

不知道为什么，比起开刀房里精细的外科手术，我对于这样的缝合工作更为热衷。或许这是一种悼亡的仪式，一种远行前的祝福，以及对家属的抚慰。在移除外来管路与缝合伤口的过程中，象征着挟着科学旗帜的现代医学决定撤军，痛苦与生命一起消失，用最原始的缝补，让眼前的肉身还原回一个完完整整的人。

隔天早上，白板换药的栏位上擦掉了她的床号；同一个病房负责今天换药的实习医师推着换药车，看着白板发呆。

“那床病人昨天过世了。”我正好经过，提醒她。

“哦……是吗？”她看起来若有所思。“或许这样也好吧。”

然后我们又拉起口罩，走出护理站做各自未完成的工作。今天以后，我们会渐渐地忘了她的病情，忘了她的名字。然而气味储存记忆，或许在未来某个病人身上闻到类似的气息，会模模糊糊地想起：“啊，以前实习的时候曾经有一个全身插满管子，每次换药都要换一个小时的病人；然后，我记得那味道……”

但是她的家属一定不会记得我们吧，只会隐约知道她过世那天，曾经有一个住院医师宣布死亡，一个实习医师留下来拔除管线，将伤口缝合。病人川流而过，对他们来说，脸孔遮盖在口罩底下的医师，穿着白袍，没有表情也没有脸孔；在这场神戏之中，我们只是戴好面具，默默进入自己角色，演出着一出又一出关于生死的剧情。

手　机

现在是晚上九点，我在病房旁边的值班室里，换上宽大的蓝色值班工作服，将笔记本电脑插上电源开机，准备与一篇论文长期抗战；茶包冲一杯热水，手机放在桌上连着充电器，荧幕静静地发着光。我的手机是医院发的公务机，上至院长下至医科学生都是同样款式：银色流线型外壳，黑色的塑胶背板，有些女生会在上面帮它加上小贴纸作为装饰。小小一支手机，此时安静地伏在桌上看似人畜无害，却如占卜的龟甲，今天晚上是凶是吉，能不能一夜好眠，就得看它的心情决定了。

手机响起，不管身在何处，不管正在做什么，一定得接。不管你正无限幸福地捧起你的晚餐，那是餐厅打烊以前及时抢到的最后一碗热乎乎的牛肉面；或是上刀（站在手术台上开刀）站了一天，刚洗完热水澡，躺在值班室床上感到意识正被一巨大的黑暗吸收；或是刚坐上冰凉的马桶，以意志力召唤便意……手机总是阴险地在这时候响起。像某种地震或泥石流之类的灾难，手机铃声永远在你最放松防备的时候出现，将你自以为悠闲幸福的假象轻易击垮，提醒你：嘿，别太大意，你还在值班喔。你是医生，你穿着白袍。不远处你的病房里，搞不好有病人正在与发烧搏斗，有人喘，有人正在疾病的风浪里载浮载沉等着你。

手机是我们与医学签订的契约，挂在脖子上的紧箍咒，无法除下，随时等着远方的唐僧召唤我们去降妖除魔。我们背负着手机，手机背负着今晚的睡眠。它的天线连接了一整个病房所可能发生的各种病痛与苦难，那些疾病如手机一样二十四小时醒着，且在夜深人静时发动的突袭往往来得特别猛烈，常常一通电话，就代表这个晚上几乎很难睡了。

手机又响了，它自顾自在桌上一闪一闪发出荧光。我从梦境中艰难地把自己挖起，接听了电话，披上皱皱的医师袍，脚尖开始在冰冷的地板上寻找我的鞋子。开门，关门，等待半夜无人的电梯，走过病房之间的长廊。

夜里的医院静得滴出水来，我们是疲惫的水桶，盛接着满满的睡意，随着走路的节奏晃荡；手机挂在我值班服的胸口，也晃呀晃的，仿佛它有自己的心跳，自己的想法。像某种科幻电影的桥段，手机异形般寄生在我胸前，操控着意识，在没开灯的长廊上，指挥我低着头迈开脚步，独自一人往远处亮着灯的病房走去。

结绳记事

外科值班室里，处处绳结。黑色或白色的丝线上结实累累，绳结如伏在黑暗里筑巢的昆虫，在椅背的铁条上、床铺的梯子上，甚至马克杯的把手上，一个挨着一个，安静地栖息着。

打结是外科最基本的功夫。割断的血管，需要绳结扎紧止血；而切开的伤口，更有赖绳结将分开的两侧组织对齐、靠拢，以利生长。

简单的结应用在生活各处，系住鞋带，系住衣服，有些设计师善用绳结的质感，结也同时系住流行时尚，系住纽约的冬天与巴黎的夏天。但外科结垂吊着病人的生死，若是结松开了，无疑是一场大灾难；在血管则大量内出血，在筋膜则伤口愈合困难，脏器疝出，若肠道接口处绳结松脱，则可以预见接下来严重的腹内感染。那些关键的结必须打得果决，牢靠，且任劳任怨，直到数月后伤口愈合，线崩绳解，再慢慢地被人体吸收，一切了无痕迹。

据说住院医师在桌脚绑了无数个绳结之后，才能站上手术台，在病人身上打结；值班室里那些绳结，如原始人的结绳记事一般，记录着年轻医师们在手术台之外埋头练习的痕迹。我想起之前听说的故事，常有住院医师上刀上到一半被主刀医师轰下来，在旁练习打一百个结，才能再次刷手（上手术台前用刷子进行手部清洁消毒），回到手术台。

外科实习之前，有一堂职前训练课程专讲绳结。来上课的是外科总医师，带着几位住院医师作为助教，发下一大把丝线，分头教我们在原子笔上打结、在钥匙圈上打结，在任何东西上练习打一个又一个的外科结。

不同于其他的绳结往往服帖于绳索之上，外科结总是昂头翘尾，如一条骄傲的龙，穿梭在人体组织之间；仿佛借由精湛的外科结，我们可以再次连结分离的血肉，接起原本断裂的生命。

外科结有许多种打法，医师们各有各的门派。有人双手翻飞，有人习惯单手结绳，也有人爱以器械互相钩绕，一推一拉，成串绳结挨挨挤挤咬在一起。带我们的住院医师学姐一面打结，一面跟我们聊着外科的趣事，变魔术般，丝线不断在指间缱绻成结，悠闲得仿佛像坐在门口打毛线闲话家常。我们惊叹于她熟练的速度，学姐笑笑，只说：“速度并非必要，重点是每一个结都必须打紧，打牢，扎扎实实，无论发生什么事都绝对不能松开。”

或许有人认为手术刀最能代表外科医师，锋利冷酷，刀起刀落代表着诀别某些生命中曾经重要的事物，也意味着重生；然而大部分的外科医师比较像是绳结，默默地承受着张力，以自身搭建血肉之桥，让生命穿过他们，得以延续。

值班室半夜两点，大部分的实习医师都已入睡，一片黑暗中，尚未睡着的人的感官被浓缩到只剩听觉，因而特别敏锐。我常常在半梦半醒间听到开门声，关门，然后是塑胶鞋拖行过地板的声音，是身旁空床位有人重重倒卧的声音，衣服与棉被摩擦声；然后，很快地，是鼻息绵绵的鼾声。

但是过不了多久，大约是意识正在黑暗中载浮载沉即将灭顶的时候，急促的手机铃声突袭了某个床位，然后是一声鼻音浓厚的“喂，是……喔好，我马上过去。”接着如时光倒带，衣物摩擦声，拖鞋声，然后是开门，关门，光线乍放乍收，最后一切声响与光再度全归于无。

又有人被叫去开刀了。我们靠着手机铃声在黑暗中辨认彼此，在心中为他叹息，也祈祷着下一个响起的铃声，不是自己的。

实习医师的外科值班有所谓 on- call 开刀班，顾名思义，这个晚上就是属于开刀房的。有些平安的夜晚世界祥和宁静，值班的实习医师一夜好眠直到天亮；而有时不知是否流年不利，某些日子的刀房有如战场，车祸、阑尾炎、胃穿孔、大出血……各种灾祸同时降临于一个命运之夜，实习医师站在手术台前彻夜未眠，隔天撑着眼皮继续上一整天的班。

然而在手术排程不那么紧迫的夜晚，没有了白天的时间压力，资深的住院医师大多愿意带着值班的学弟学妹，一个步骤一个步骤地慢慢教。我相信许多医师的“第一次”经验都发生在值班的夜晚。第一次操作内视镜的镜头，第一次用手术刀划开人体肌肤，第一次缝合，在人的体内打结。

打结，一个微小的人工植入物，留有我的手迹，此刻要将之永远放置在病人体内；仿佛透过这样，我与素未相识的病人从此有了某种不可告人的，神秘的联结。若在隔天的查房时遇到他，脑中会记起前一晚才曾经在这个活生生的人体内打结吗？借由绳结缝合起来的伤口，在漫长的时间彼端，会顺利愈合吗？

那条光滑的尼龙线此时在我手里，幽幽地反射着光，学长从旁逐步讲解；我站在主刀医师的位置，回想起平日师长们在手术台上行云流水地打结，想照做，双手却像故障的机器人，笨拙得不听使唤。

对，把线的两端拉好。然后用一端在持针器上绕两个圈。用持针器去夹另外一头。对，接下来往两边拉，把线拉紧。再一圈逆时针的，然后拉紧……

不对，结松了。

一把亮晃晃的剪刀伸过来，咔嚓，刚打好的结应声而断。那枚剖半的结自组织里伸到空中，在手术台的无影灯下反射着光泽，像废墟工地里乱翘的钢筋。“再来一次。”学长说。

线在持针器上绕两圈拉紧再一圈逆时针然后……“不对，又松了。”咔嚓，重新来过。第三次，第四次，汗沿着鬓角流下来，湿湿痒痒滑过颈子，钻入领口；第五次，胸口凉飕飕的，单薄的手术衣被汗水浸透。再一次，再试一次，这次一定可以把结打稳的。

学长放下剪刀，叹了口气。学弟，换手吧，后面的我来就好。

我想起看过的一则新闻，三十出头的外科住院医师在手术进行中倒下了，心肌梗塞；正在我对面埋头缝合着伤口的学长，差不多正是他这个年纪。新闻没提到，失去意识的前一刻，他手中是否正握着针线，全神贯注地缝合另一具躯体，打着一个又一个的结？

虽然是在设备充足的开刀房内，倒下去的外科医师最后终于醒了过来，却忘记了许多事。报道里说，他还保有有关医院大部分的记忆，关于同事，关于开刀房，却独独忘记了妻子、小孩的容貌，只能由声音回忆。他心底深处记得那声音，却不记得所属的脸孔：那声音是他在准备下一台刀的空当，抽空拨电话回家时，彼端由甜蜜温暖依赖盼望混纺出来的声线，结成一串埋藏在记忆深处的绳结。

因此开刀房墙上的电话，有着特别长的电话线，是为了方便将听筒递给每个手术台上的人。因为频繁使用的缘故，长长的电话线上，总是锁着许多结，一个结是一个谆谆叮嘱的注解。这个是“欸对不起这台刀实在走不开，大概不会回家吃饭了不用等我”，那个是“baby 睡了吗？今天晚上刀很多现在才有时间打电话”；手术中外科医师抬起头，无影灯照射下有点头晕，眼前还有无数个结等待编织；有些溜下手术台，沿着电话线攀爬成一条绳梯，垂降到看不见的，深深的远方。

那位医师已经不能再开刀了；原本的医院将他辞退，发给每个月两万元[1]的慰问金。那双曾经在病人体内打结拉稳生命的双手，如今唯一能打的结，是自己的鞋带。

一段如松脱鞋带的人生。他在漫长的马拉松赛事中停下来，蹲下，捏紧绳头把鞋带绑好，其他选手从身旁低头冲刺而过；然后爱他的人牵起他的手，指点沿途风景，下半场比赛一步一步慢慢地走。

1 除特别指出，本书中金额均指台币。

洞巾铺上之后

外科是医院内学徒制最明显的领域。每位年轻的外科医师，都经历过帮病人用碘酒消毒，然后铺上一层又一层绿色消毒布单开始，一步一步学习手术的过程。帮病人的手术部位铺上洞巾，像是剪头发时，颈上总会先围一圈布单，似乎是中古世纪时外科附属于理发师业务所留下来的遗迹。

铺单看似简单，却一点都马虎不得。整个一连串的动作若是无菌做得不好，患者很可能会因此而发生术后感染；而如何将一方又一方的绿色布单在没有支撑物的情况下巧妙地固定在病人身上，不会在手术中摇摇欲坠，也是一种艺术。这大概是历时最漫长的一种学徒了。为了这个简单的动作，年轻的外科医师们已经经历过七年的医学系训练、申请上专科的住院医师资格之后，才有机会站在手术台上，为完成麻醉的病人铺上洞巾。

洞巾铺上之后，手术前的漫长准备到这里算是终结，接着就等待着主治医师出现，为即将来临的战争划下第一刀。

而今天，为了一颗日益茁壮却误入歧途的智齿，我从铺单者的角色沦落为被人铺单的病人。

水平智齿的拔除算是一个小型的门诊手术，因此各种器械一应俱全，该有的消毒及铺单也都不能马虎。刚从楼上血肉横飞的手术房战场下班，就来这边角色互换地变成任人宰割的病人；躺在口腔外科的诊疗椅上，头顶亮晃晃的无影灯照得我睁不开眼，索性暂时闭上眼睛。

“会不会紧张？”闷闷的声音从牙医师口罩后方传来，她在一旁摆放器械，一边回过头来问我。那些凿子、钻子在她的拨弄之下发出清脆的金属碰撞声。

我早已被打了局部麻醉剂（啊，那是我临床最爱用的麻醉药，神经被麻药浸润时原来是那种奇怪的酸胀感），麻木的感觉从牙龈内部的注射处开始延伸，她跟我讲话时，已经有半边脸颊没有知觉了。我含糊地回答了几声。

“好，现在要帮你铺上洞巾了喔，你可以闭着眼睛休息一下。”来了！像是斗牛士在漫长华丽的准备动作之后，终于要把他手上那方红布用一种夸张的手法顺势罩住牛头；然后重头戏开始，在那有着健壮筋肉与油亮皮毛的斗牛生命中最后几秒，举目皆如血艳红的世界里，那把带着剧痛与金属冰凉的尖刀，到底会何时、从哪里钻入身体呢……

终于要开始了吗？

人为刀俎，我为鱼肉。我在布单底下张大着嘴无法说话，想到了这句成语。

幸好，麻醉剂非常灵验，手术过程中没有特别感觉到什么痛苦。只是有人拿铁棒在口腔里搅着的感觉说不出来的怪。

手术进行中，有一位实习牙医师在旁帮忙拉钩及抽吸我满口血水。不断听到我的牙医师在教学，这颗智齿是如何难拔、该用何种角度把它大卸八块等，实习牙医师一旁“嗯嗯”地回应着。我也想加入她们的讨论，或是看看她们到底在我麻痹的口腔里进行着什么样大刀阔斧的工程；但是苦于一方洞巾隔在我们之间，我不再是跟在主治医师身旁负责出一张嘴的实习医师，只能继续乖乖张口（啊！真的只剩一张嘴了），从洞的边缘勉强偷瞄那些闪着银亮光芒的，在我嘴巴里频繁进出的器械。

等到地位互换，自己成为病人之时，我才发现那块轻软干净的布竟然有如此决绝的象征意义。病人与医者楚河汉界般被割裂在两岸，透过那唯一的洞，病痛是彼此仅有的接触。洞巾铺上之后，我们没有了面目与表情，不再是一个完整的个体，只剩下圆洞露出的、消毒好泛着棕色的皮肤，以及其下的一颗肾脏，或大、小肠，或是一只张大的嘴巴的存在。我们的主体性在洞巾之下被彻底剥夺。

洞巾铺上了，我们愈缩愈小；洞巾空荡荡的，只剩底下我们露出来的那张喊不出声的嘴巴了。

守　岁

AM　09 : 23

今天是除夕夜，但是我一早就得背着背包到值班室待命。妇产科的年假以大年初二为界，区分为放前五天假与后五天。虽然上前五天班的人除夕及初一无法回家团聚，但是在以开刀为主的妇产科病房则因过年而早早进入休兵状态，清闲无事，也可以顺便避开过年后“开工”的新病人潮；因此许多人宁可放弃年夜饭，在医院守岁。

原本平日人来人往的地下街冷冷清清，灯暗着，大多数的店家都拉下铁门。连病房区也显得比平常安静：医院里能出院的病人早就在这一个礼拜之中陆陆续续地出院了，留下来的几乎都是出不了院的重症患者，原本五层楼的妇产科病房也关到只剩下两层。

然而新生命是不分时刻到来的。我这一层楼多是产科病人，楼下产房在农历年的最后一天依然“生意兴隆”，接连送上来好几个刚生完的产妇。病房里偶尔响起婴儿稚嫩的哭声，有时候可以看见产妇穿着粉红色的病人服，虚弱地趿着拖鞋蹒跚走过，鞋底摩擦地板的声响在无人的走廊上干干地拖了好长好长。除此之外，平日熟悉的忙碌景象都消失了。没有主治医师热闹的查房大队伍，没有在护理站愣头愣脑的见习医科学生，没有开完刀后，病人推床轮子喀啦喀啦由远而近的声音。

静极了，这时候的医院仿佛巨大的神殿，庄严肃穆，秘密侍奉着隐形的神祇。

PM 12：07

午餐时间因觅食而走出了医院。过一条马路，平日热闹的商店街今天也冷清了许多。绕过去巷子口看一眼，常吃的那家火锅店果然没开，拉下来的铁门上贴了红色的新年快乐。巷子里的违规停车都不见踪影，冷风卷着垃圾袋在街上飞跳，四面环顾，仿佛死城。

附近没有任何一家像样一点的餐厅开着。最后只好妥协，随便找了一家还营业的便当店将就点了菜；柜台前大排长龙，我在人群外伸长了手，好不容易才抢到一个便当。

离开前的最后一眼，正巧瞥见了电视上新闻正在播放着高速公路的车潮，与天气即将回暖的消息。

PM 17 : 35

午后趁着暂时无事，回宿舍洗澡，顺便用电脑上网。因为过年期间门诊休诊，在急诊值班的同学全部人仰马翻。有人在网络上留言说，值班的时候，急诊进来了一个疑似中风的老奶奶，极力抵抗伸到她眼前的鼻胃管；护理师在帮她约束四肢的时候，原本瘫软的左手、左脚忽然有力地挣扎了起来。家属在旁喜极而泣，医护人员全都傻眼。他为这段趣事作了结论：我居然发明了中风的最新疗法。

过年嘛，什么事都有可能发生。

肚子开始饿了。往年这个时候，都已经在老家的餐桌上与堂兄弟争夺载浮载沉的火锅料。离开寝室时，看见宿舍交谊厅并起桌子摆开筵席；几个来见习的年轻医师用电磁炉煮了好几锅火锅，请来交换的外籍医师吃年夜饭。一群金发碧眼的洋人围一圈站着，笨手笨脚学用筷子夹火锅里的菜。滑稽的景象，熟悉的味道，过年真的什么事都会发生。

我一个人走向电梯，火锅的香味飘荡在身后无人的宿舍走廊久久不散。

PM　18 : 40

窝在病房改建的值班室里，隔音很差的墙壁隐约传来隔壁房间模糊的说话与电视声。接到了一通电话，说今天医院为值班的医护人员准备了年夜饭，可以去拿便当。

便当纸盒上贴了妇产部长署名的小卡片，“感谢您岁末寒冬仍坚守岗位，在此献上精心准备的美味餐点，请慢慢享用。”……奇怪，语气怎么有点像祭祖时候的祷词？只差结尾没有祈求保庇全家平安健康。不过，医师在医院值班吃年夜饭的意义，不正是坚守医院防线，守护住院病人的平安健康吗？

便当鼓鼓的，打开一看，菜色认得出来是地下街的便宜烧腊；即使如此，我还是把这顿冷掉而糊在一起的年夜饭，就着值班室昏暗的灯光，一个人津津有味地吃完它。

PM　20 : 17

远处传来烟火爆炸的重低音，感觉是从很远的地方传来的；穿过了冷空气的墙之后已经变得模糊，听起来像闷闷的鼓声。

好久没有放烟火了。

忘记是多小的时候，几个一年只见一次的堂兄弟会在吃完年夜饭以后，吆喝着在透天厝[1]前放烟火。那时候还没什么火灾的概念，反正对面就是一大块田，再远是一排黑乎乎的树林；长我八岁的堂哥宛如孩子们的领袖，浩浩荡荡率领着一群堂弟堂妹与邻居组成的杂牌军在门口放鞭炮。放最多的烟火是那种阳春的、一根细木条带着塑胶头的冲天炮，架在玻璃瓶的发射台上点火；但偶尔也会有一些零用钱能负担的特殊炮种，火树银花、霹雳炮、蝴蝶炮什么的。有时失控的烟火会在尖叫声中坠毁在邻居阳台或屋顶上，而招来大力关窗表示愤怒或屋里一阵含糊的叫骂：但大部分目标都是朝着田野远处一望无际的黑暗发射。

空气中弥漫着火药的烟硝，然而那时候我们都不知道，那片视力所及之外的黑暗里到底藏着什么。我们顶多站在温暖的灯光边缘大吼大叫，对着想象中的敌人军团发射巡弋飞弹，而从来没有人真正大胆穿越田野去一探究竟。

而之后某一年回去，那片田忽然建成了比透天厝还高的大楼，邻居的孩子搬家或上学，早已换了又换；总是带头撒野的堂哥考上了第一志愿高中，大部分的时间都在补习念书。不知道哪

1 门户独立，内部各楼层可由楼梯互通的房子。

一年起，过年再也没有人放烟火了。

很久以后我才知道，原来我们眼前的那片黑暗终有一天会散开，变成房子、街道，或我们所熟悉的城市的一部分；而黑暗里头，除了坠毁的冲天炮，其实什么都没有。

PM　22 : 13

救护车呜咿呜咿从远处快速接近，愈来愈大声，到某时刻警笛声忽然消失，我知道是已经停在急诊室门口了。已经是这半小时中第三次救护车警笛。

隔壁床位、值不同楼层的实习医师被一通电话叫去之后消失了很久，直到刚刚才回来。他摇摇头说楼上有个病人状况很差，意识差点叫不醒了；血压如气温一路疲软，不管怎么输液都上不来。

那床癌末病人的状况我也知道，她从两个月前就住到现在，几乎每个实习医师都开过她的医嘱。我们两个都没说话，心知肚明搞不好撑不过今晚了。即使在原本应该平安围炉的除夕夜，疾病还是不停止它的进攻。

AM　00 : 00

我决定去买消夜边吃边守岁。每逢夜深人静之时，地下街不打烊的麦当劳与 7-11 便利店永远是值班医师的最后防线。拎着薯条走回值班室的路上，地下街的长廊已经熄掉大灯，却仍然应景挂着一整排暗着的大红灯笼，原本应有的喜气变得格外荒凉。

我想起以前大学时代每逢考前的半夜，男生宿舍总会有一群同学穿着短裤、汗衫，在走廊上呼朋引伴赶在便利商店打烊之前下楼买消夜。有时也会觉得奇怪，只是坐电梯到 B1 去而已，为什么每次都要一堆人一起去呢？

忽然很想念那些吵闹的哥们。一群人捧着热乎乎的微波食物，捶彼此的肩膀说着垃圾话：欸惨了都念不完。你屁咧最好不要考出来又九十几。哈哈哈哈。那时候的记忆似乎只有永无止境的原文书、三十秒定生死的跑台考[1]；但是一群没念书的人聚在一起，似乎也不再那么可怕了。那些同学，当中大概有许多是分散在各个楼层，与各科的疾病战斗着。不知道此时此刻，他们会不会想找个人一起吃消夜守岁？

正当我回到值班室静静吃着薯条的时候，另一个实习医师推门进来，顺手从我的袋子里捞走几根薯条，颓然坐倒在椅子上。

1　跑台考，医学院训练中，通常在大体解剖、组织学等科目会有跑台考。考试前助教会将解剖教室布置为考场，在各组解剖过的大体上标出某一构造，考生依标注的题号填答，每题仅有短暂的不到一分钟内的时间可思考，铃响就会换到下一题。有时会用标本或是模型来呈现。

说楼上那个病人肿瘤出血的状况还是没改善，家属围在走廊上低声讨论许久，决定签了不急救同意书。

没吃几口，他又接到电话，匆匆地离开了。

我一个人解决了剩下的薯条，忽然远处鞭炮声大作，拿起手机一看，00：00。十二点整，新年了，今天是大年初一；告别一个农历年，时间被无声无息翻了一页。然而未来的一切不会有什么不同，充满喜气音乐与红色爆竹的年假只是暂时休息的逗点；过完年，又是一连串排队而来面目模糊的日子。还是有孕妇会生产，有人开刀告别体内某个器官，也会继续有临终病人签下不急救同意书；然而这一切一切，都是过完年以后的事了。

我躺回床上，盯着上铺黑色的木板，心里对自己说：新年快乐，希望新的一年，每个人都能平安健康。

针　扎

一切仿佛慢动作播放，病人的手挣开约束带，一掌打中我持针筒的右手。才刚刺入病人体内的针尖带着串串血珠跃出皮肤，闪着金属的光芒，划开了我的乳胶手套。

微微一痛，然后我看见我自己的食指皮肤出现一道白色的裂痕，然后慢慢地、慢慢地渗出了血。我自己的血。

我心里一凉。针扎了。

太多噩梦般的疾病是靠血液传播的，许多文化中被视为力量泉源的血，在医院的疾病丛林里，反而是一个邪恶的隐喻；你永远不知道这滴血里面藏的是艾滋病毒、是肝炎，还是梅毒等，见到了血，我们层层防护，避之唯恐不及。但在医院工作的医护人员（护理尤甚），几乎都有被针扎过的经历，在病人不知是否带有血液传染病的状况下，更增加了医护的阴霾。针扎被现代医务管理学视为“系统性”的问题，发生针扎后，不会将之简单归咎于伤者的不小心或运气不好，而是仔细地、系统化地追究针扎过程，务必消灭各种发生针扎的可能情境。

所以在那天清晨，我推着工作车去抽血的时候，并没有意识到自己身处于被针扎的高风险情境下（清晨光线昏暗，且睡眠不足），而且接下来的十几分钟之后，我将会真的被针扎。

那是一个久病卧床的中年女性，已没有意识，四肢挛缩成如子宫内的胎儿，两眼空洞地望着正上方的天花板。她的血管因为长期抽血而纤维化，硬得像橡皮管。护理师没办法从周边小静脉内抽血，因此特别叫实习医师直接抽大腿深处股动脉的动脉血。

我拉开床帘，日夜陪着她的丈夫睡眼惺忪地自陪病床上爬起，帮我除去病人的内裤，让我在她的鼠蹊部用酒精消毒。她此时也从睡眠中醒了过来，无意识地挣扎，像一尾久旱的鱼，在砧板上扭动身体；她的双手被约束带绑在床沿，大腿很瘦，皮肤松垮地挂在筋骨上，但两只脚又踢又扭的力气奇大，使我不得不请她丈夫按住膝盖，让我有个静止的瞬间下针。

针才刚刺下去，病人的全身剧烈地抖动一下。此时我眼角的余光看到，原本应该绑着白色约束带的病人的手，离开了那白色布条的封印，直接朝我一巴掌打过来，拨开我入针的那只手；针头跳出体内的瞬间，正好划过了我在旁定位血管的手指。我还没来得及感觉到痛，马上低下头，已看见我手指上划开一道血痕，开始缓缓地渗出鲜血。完蛋，我被针扎了。此时，迟来的刺痛才传到我一片空白的大脑，随着心跳一阵一阵地，缠绕在手指上。

这原本是不应该发生的。一瞬间我隐约猜到发生了什么事：病人的丈夫大概是不忍心她这样每天被布做的手铐铐在床上，于是在晚间把约束带松开；而隔天抽晨血的实习医师来到床边时，他才猛然惊醒，迷迷糊糊间，竟然忘了把约束带绑回去。因为有着约束带而没提防病人双手的我，就这样成为针扎的受害者。

病床旁一片静默，两人各有心思：我飞快地想着除了包扎伤口，接下来还要往上通报，跑针扎流程，病人不知有没有带病等；而她丈夫则在担心那支被拨掉的针头，有没有顺势擦伤了她什么皮肉，对刚刚发生的针扎会造成后续怎样的影响，一无所知。

简单用手边就有的优碘与防水胶布包扎之后，我丢下工作车，直接冲去护理站的计算机前，点开那位病人的病历。此时脑子里闪过了无数念头：要是病人有 C 型肝炎怎么办？抑或是艾滋病？C 型肝炎目前还没有有效的疫苗与笃定的治疗方法，而艾滋病感染在台湾虽然少见，但前一阵子不是才在一个长相清秀的年轻人身上测出来过吗？实在也不能掉以轻心。虽然只是点几下鼠标的时间，思绪却千回百结，等待检验报告页面开启，心情随着鼠标游标起起伏伏，犹如当年等待发榜时刻。

幸好那位病人是洗肾患者，在这家医院里，洗肾患者入院前一定会验全套的艾滋病与肝炎。我把计算机页面拉到最近一次检查，艾滋病，阴性；B 型肝炎，抗原阴性；C 型肝炎，指数略高，但还在标准值以下。

我松了一口气。

在一旁的护理师们知道我被针扎了，纷纷围过来慰问。护理人员是针扎概率排名第一的职业，几乎每个人都有被针扎过的经验，非常能感同身受被扎瞬间的惶恐与不知所措。甚至有人好心地提议自愿帮我把剩下的血抽完，因为她先前针扎之后好久一段时间，连拿针都有心理阴影。

那个上午我请了两小时的假，根据流程的规范，脱下医师袍乖乖到急诊室去检查，从抽血的人变成被抽血的人；此外，也趁病人洗肾的时候，要了几管病人的血送去化验。

除了早上的插曲以外，这天就在看病人与开医嘱之间，一如往常地过了。晚上与大学的系队下高雄比赛，游览车驶在夜里的高速公路上，我几乎已快要睡着了，迷迷糊糊间手机响起，是一个陌生的号码。

“学弟，我是今天值班的住院医师。”我一听，瞬间睡意全消，是不是我的病人出了什么紧急状况？“呃……要跟你说，刚刚检验室通知我，你今天早上针扎的那个病人，C 型肝炎，positive（阳性）。”

我忘记之后是如何结束那通电话的。心下沉到很低很低，车上喧闹的卡拉 OK 歌声飞到离我很远的地方了，窗外路灯像光的栅栏一样，把黑夜分割成一条一条，我毫无知觉地以一百公里的时速往黑暗的深处前进。

C 型肝炎。

考试时或被主治医师抽考时忘得一干二净的医学知识，此时都清晰无比地浮现出来。根据统计，针扎后约有近一成的概率感染 C 型肝炎，目前仍无疫苗可以预防，而且尚未有副作用少且肯定有效的疗法。比 B 型肝炎恐怖的是，高达一半至八成的 C 型肝炎感染者会成为慢性感染；病毒与宿主细胞在生命周期里缱绻缠绕，一曲航向癌变的回旋舞，最终的目的地是：大约有两成至一半的概率会产生肝硬化或肝癌。

艾滋病针扎仅有千分之几的感染率，且尚可在针扎后服用抗艾滋药物作为预防，而C型肝炎不是。无法预防，无药可解。它是藏在暗处、眼睛闪着光的诅咒，寓言里永远无法停止流血的，隐秘的伤。

有相当高比例的医科学生在对疾病的知识增加后，对自己的身体状况感到焦虑（所谓虑病症）。因此每个皮肤上突然出现的斑点都不寻常，偶尔咳嗽也令人不由自主地怀疑起肺结核感染。实习医师们在各科间来去轮训，那些病痛的脸孔沉淀在记忆底层，只是偶尔被搅动翻起，会成为影子，在夜深人静时注视着你。

肝病一向是台湾的岛病，身边也听过几个壮年医师突然发现自己黄疸，超音波检查——肝癌。而那些肠胃科看过的，肿胀着满肚子腹水、暗黄皮肤上静脉暴露的肝硬化患者形象，盘旋环绕在我的脑海。

此后的几个月，临床忙碌的脑袋告一段落的时候，总会有个声音钻出，如槌子在脑袋内敲击，提醒我：最近觉得比较累，有没有可能不是单纯因为值班值太多了，而是肝炎的早期征兆？偶尔吃不太下，会不会是身体出了问题而不自知？开始如数馒头般地过日子，盘算着检验空窗期是否已过，该再去抽血检查一次了。

幸好，接下来的检查都是正常无碍，直到六个月后，肝炎的阴影才逐渐从我生活中淡去。

针扎后曾请教肝炎权威的老师，他回信叫我放心，说没有接触到较大量的血液，其实感染的可能性微乎其微。但偶尔想起那段提心吊胆的日子，还是不禁回想，不管概率多小、各专家或教科书的再三保证，还是有感染的风险存在，例如曾在感染科听过先前安分守己，仅去国外嫖妓一次就得了艾滋病的案例。感染，不是零就是一，没有灰色地带。再多的概率算法都只是安慰自己，底牌一掀，真章立见。若是真的感染C型肝炎了，怎么办呢？日后人生是否自此带着疾病暗暗作痛的印记过活，继续计算着慢性肝炎的概率、肝硬化的概率、肝癌的概率，以至于死亡的概率呢？

医护人员针扎的概率是每人一年会有一至两次，此外还有被传染肠胃炎，甚至肺结核的风险，在医院也偶尔听说那些因照顾病人染上疾病，最后辞职甚至丧失生命的案例。终日与疾病肉搏的医师、护理师们，偶尔也会遭到它们的反击。这是最残酷的筹码了；那些喜欢掷骰子的恶魔藏在医院的角落，还在暗暗算计着下一场赌局游戏。

注：

相关流行病学数据取自疾病管制局。另，“人类免疫缺乏病毒”（HIV），的感染者，事实上与艾滋病（AIDS）在医学定义上略有不同，但大众常将之混用，因行文考量，在此并未作严谨区隔。

晨 血

五点三十分，手机响起，代表着一天的工作正式开始；睁开眼，整间漆黑的值班室里仅有门缝透进来的微光。下铺的学长呼呼大睡着，我必须以极缓慢的速度小心起身，轻柔地离开温暖的被窝，抓着冰冷的铁梯下床，光着脚在地板上摸索着昨晚随意踢下的鞋子，以免稍一出力就“吱嘎”作响的简陋铁床吵醒一夜疲惫的医师们。

三月的清晨，天才蒙蒙亮；经过交谊厅时，我总习惯走近大片窗户前看看清晨的城市，顺便让自己缺乏睡眠的头脑清醒。今天的窗外有雾，几乎让我一瞬间以为我回到熟悉已久的，位于盆地边缘的山上，冬天永远云雾缭绕。但这面窗看出去正是整个台北，甚至全台湾最核心的地带：一条笔直雄伟的大路延伸过去，就是一栋红色建筑；再往另一方向看去，两座巨人般静默肃立在黑暗中的，是音乐厅与戏剧院，护卫着视线被遮盖处的蓝色琉璃瓦的中正纪念堂。这座医院在一群矮房之中拔高矗立，仿佛象征着医学力量的纪念碑，是难以撼动的，保佑着台北盆地的居民。

但是这些伟大的建筑物，都还在雾一般的睡眠中尚未醒来时，护理站已开始忙碌，桌上备好一整盒的检验单与血液试管；这是今天的第一件工作，等着我完成。

来到这间大医院最不适应的就是每次值班过后的清晨，都要抽晨血。抽血、放静脉留置针，在许多的医院里，这些技能有如“捏面人”或“皮影戏”之类的古老技艺，在实习医师族群之间慢慢地失传了。毕竟一个打了二十年针的护理师，怎么想都比我们这些毛手毛脚的实习医师们要强得太多。不但节省时间，减少病人的痛苦，护理人员大概也会觉得比起在背后照顾这些笨拙的实习医师，还是自己挽起袖子上阵来得简单一点吧。

但不知为什么，这间大医院却依然保存着这项技术至今。或许在那大庙般的医学殿堂里，亦谨守着百年前的学徒制，实习医师要从这些最基本的打杂开始学起。

在熟悉的那家医学中心，我亲自成功抽血打针的经验屈指可数。那家医院以效率著称，病人在上病房之前，检验就已经在楼下的柜台做好了，数据在计算机上都查得到；早晨抽血则有如战场，护理师们推着“战车”一溜烟就抽完整间病房的血。这也不能怪她们太急太快，毕竟健保制度下所能配给的医护人力就如此缺乏：在有限时间内，医生做好该做的鉴别诊断，护理人员抽好该抽的血、放上该放的管路，过于精致化的分工，或许是讲究节约与效率的政策所带来的结果吧。

先前已请教过在这里实习已久的同学们，该如何“第一次抽血就上手”。他做了个打针的手势，“找到静脉，绑起来，下针，就这么简单。”

真的这么简单吗？我忐忑不安地推着我的“战车”，上面贴了张纸，列了一串病房号，我的任务是对照出每个床位该送检的试管（它们已被贴心地一包一包照床号分类好），估计要抽的血量，然后在病人身上偷抢拐骗足量的血液，灌进试管里。

清晨五点多，病人大多未醒，我的出现是睡眠中一个恼人且真实的噩梦。我疲惫的脚步拖着长长的影子在长廊间巡逻，轮子碾过地面的隆隆声忽然停下，推门：老旧的木门转轴发出“吱呀”一声，仿佛门后黑暗被压缩的声音，闷闷的，干干的。

“某先生，早安，我来帮你抽血喽！”病人迷迷糊糊应了一声；或许醒了，或许还睡着，我甚至无暇辨认他的脸孔，揣着不安的心冷汗涔涔，只求这次能一针见血，顺利到位。

辨识完病人身份之后，便是考验手感（或手气）时刻了。静脉在肌表蜿蜒如河，但有些河道太细，有些太弯，都不利于针尖大口汲血；因此第一个考验便是找到适合的静脉。

而一个病人的身体状况，也可从他的静脉略知一二。那些因为急性原因而住院的健康成年男性是最受实习医师欢迎的病人，静脉如壮硕树根攀附在纠结的筋肉之上，如同他们的生命力，粗大而强韧。肾脏科的病人则是数一数二的难抽，大部分的静脉都淹没在逐渐高涨的组织水肿之中，往往手脚都找遍了还是找不到一条适合的静脉。又曾经抽过一位卧床已久的女病患，她的手脚坑坑疤疤都是针孔肆虐的痕迹，血管坚韧得像一条橡皮水管，在指尖下滑动着仿佛坚决地抗拒着针头；那些都是反复抽血引发的感染与纤维化，比病历上冷静的白纸黑字更详实、具体地记载了入院之后所曾受过的苦难。

我在臂弯肌肉的山脉中跋涉，溯一条深蓝色的溪，确定地点后，像水质抽查员般缜密地消毒，拿出针筒，开始在皮肤上凿井。

皮肤表层及血管壁上皆密布着神经，因此针尖必须毫不犹豫地穿透皮肤与血管，然后精准地停留在管腔内，接着开始源源不绝地抽取血液。眼见针筒里噗噜噗噜流出黑色的静脉血时，有如勘探到油井般的雀跃，有些病人在抽完血后还会温馨地赞美你说："哎哟，看你那么年轻，技术还不错嘛！"脸上得意的光彩大盛，暖洋洋的仿佛阳光照在身上；而假如运气不好或病人实属高难度，那就最好硬着头皮先帮自己找好退路（呃，这位小姐，你的静脉太细了，我实在没有把握一针就上，请您见谅）。然而再怎么抗拒，该抽的还是要抽；两双眼睛盯着，一针下去，胜负立判。若这是一发空包弹，很快就能在正前方五十公分处感受到病人变了脸色，眼神如电一样射来。前几分钟还技术不错、年轻有为的医师，瞬间变成了笨手笨脚的实习生、庸医。是的，被照妖镜打回了原形。

没有人故意要让病人痛第二次的，也没有人愿意给自己找麻烦；因此在实习医师之间，以及医学系直属的学长、学弟之间，总会流传着一些小技巧：诸如下针角度、持针手势，甚至如何安抚、哄骗病人等，各有各的门派与巧妙。因此，常常这位学长教的，那位学长摇摇头说不对，这位学姐密传的下针姿势，马上又被另一位学姐纠正过来。到最后似乎最正确的就如第一天那位同学所讲的：“找到静脉，绑起来，下针。”简单扼要。毕竟抽血如临渴掘井，讲究随机应变；事到临头，无论用哪家哪派的招数，只要能抽到血就好了。

这是最后一管血了，抬起头，病房的光线也已渐渐明亮；门外护理站又开始吵闹了起来，是护理人员的交班，以及晨会前先来看看病人的住院医师，忙碌的一天真正开始了。我的战车上累累堆满了装着血的试管，紫头的、绿头的、迷彩头的、底下沉着黄色凝胶的，甚至有些泡在浮冰的水里，都是今天早上的“战利品”，隐约有种虚荣感。恍恍惚惚间，那些漂亮的玻璃试管仿佛是沉淀着魔法的药水；但如同许多人世间美好的事物一样，短暂地停留在我手上之后，接着马上就会被送走，否则血液凝固的话就得重抽。

推开门再次回到走廊，只觉阳光刺眼，那些玻璃管透着晶莹的折射，像可以洞悉人体机能的水晶球，而我是彻夜飞翔的吸血鬼了；用各种凌迟招数，窃取了无辜、善良的人们的血液。这么多病人之中，虽然绝大多数是陌生的病人，不清楚他们病情的故事，也不知为何抽血，就只是面无表情地抽了交差；但另一些熟悉的脸孔，那是我照顾的病人，抽血单搞不好也是前一天自己亲手开出去的。即使知道抽血这个苦差事隔天会落在自己头上，宝贵的睡眠又要减少了几分钟，说不定运气不好还会在自己的病人面前搞得灰头土脸；但犹豫一下，抽血单还是开了。不管抽血时是怎么样的心情，最后那些堆在护理站的血液会被整篮送去检验室，几个小时之后，便化作各种检查数据回传。

那些经历过一个早上奋战的抽血报告，此时便有如魔法书上记录着咒语的条目，逐一解放，出现在计算机画面上；我们读着这些神秘的数据，白细胞、发炎指数、电解质等，就知道该怎么修正治疗的弹道，一次又一次地逼近疾病的核心……是的，今天真的要改抗生素了。

移 植

这大概是实习生涯中最奇特的一次值班经验了。

下午的时候，接到总医师的电话，说今天晚上要有人去台北车站接一个外院下午取下的眼角膜。角膜移植算是最普遍的移植手术了。虽然台湾的器官捐赠率很低，但是角膜的捐赠比起其他器官来讲还是算高的；只削掉眼睛前面一层看不见的细胞，人已故去无关痛痒，但会让那些持“全尸下葬”观念的家人心里好过一点。

眼角膜薄薄的几层细胞，却站在整颗眼球的前方，掌管了最重要的屈光门户：眼睛没有水晶体还可能有视力，但是少了眼角膜却只能关上灵魂之窗。这层透明的细胞，是人体的圣地，也是禁区：它像隐士般餐风饮露，不依赖血管供给养分，当然也少了免疫细胞以及外来物质的侵扰。然而它却布满神经末梢，由脑部直接管辖羞怯敏感的角膜反射，并且与周围组织之间隔着一条看不见、也无法跨越的鸿沟，仿佛天生尊贵不容丝毫侵犯，主管光的水晶王座。

而因为连免疫系统也止步，角膜成为人体最容易移植的组织；因为角膜光靠外来养分的渗透就能存活好几天，也使它能够忍受冗长的运输，从东岸坐着火车迢迢来到台北。

我在五六点之交到达台北车站，下班的人潮自我身边流过车站大厅；由于事先用手机保持联络，很快就完成了签收手续。对方不知是义工还是行政人员的大婶，身穿便服，一脸像是休假中的悠闲；核对过身份与资料后，我们像电影里的特务一般，在人来人往的台北车站大厅默默交换了签好的文件与装着眼角膜的牛皮纸袋。打开检查了一下，一个亚克力的标本瓶被层层保护放在里面，透明的眼角膜漂浮在培养液中几乎看不见。

轻而易举地，一副眼角膜从它刚过世的前一任主人身上取下，放进标本瓶，装入纸袋，搭三个小时的火车上台北，转交到一个实习医师手上，带回医院，登记，送进手术房，然后被一针一针缝在另一个排着队等待许久的眼睛表面。如同奇迹，说要有光，就有了光。然而整个过程却单纯到像是在拍卖网站上下标一本二手书，约好时间地点互留联络方式，双方在捷运站碰面。一手交钱，一手交货。

那上天赋予、一人仅有一对的宝藏啊！在医学的进展下，不同个体间生命的传递，竟然也能如此日常。

我走回客运的候车处，尖峰时段，毫不意外的涌动人潮塞爆了整个转运站。叹了一口气，决定听学长的建议在台北悠闲地吃完晚餐之后再回去。我走回台北车站二楼的简餐区，几乎座无虚席；我小心翼翼提着装有眼角膜的袋子，在铁板烧、意大利面与蛋包饭的香气中漫无目的地走着。

绕了一圈，终于找到一个空位。我把背包丢在椅子上，把手中的纸袋往桌面顺手一搁就起身准备点餐。走了两步，触电般想起那个纸袋里可是装着超级贵重的眼角膜、漂浮在透明培养液中的一个刚过世病人的部分遗体，赶紧回身把纸袋紧紧捏在手上。隔壁吃饭的情侣继续谈笑，整座餐厅没有人看我一眼。

服务生在我身前端上意大利面时，顺手将摆在桌上的纸袋挪了一挪。我来不及阻止他，心里怦怦跳，以为他发现了什么；幸好他什么也没说就这样拿着托盘走了。我默默地捧着意大利面吃了起来，眼角膜纸袋静静放在我旁边，宽容地看着我吃面。在这充满温度与欲望的血肉阳间，独独有我带着某人死后一部分的躯体走着，带着挥之不去的死亡气息。

那些与我擦肩而过的人们，会知道我手上提的不起眼纸袋里，装着一个人的眼角膜吗？他们会怎么想？会觉得恶心，觉得不祥，避之唯恐不及？还是知道这趟旅程的终点就是另一个生命视力的新生，而为我加油打气？

我提着纸袋，准备搭车回医院。礼拜五的台北车站前人来人往，没有人注意到我。我带着从死神手上夺下的生命的一部分，穿过热闹、拥挤的阳间，准备让它在另一个人身上还魂。

身旁跟我一起等红绿灯的，是一群刚下课的高中生，还穿着运动服，侧背书包上别了几个可爱的小徽章，三三两两在晚风里谈笑着。从那些高中生身上是很难看到这种死亡阴影的，似乎与我手上的眼角膜分处于一明一暗两个世界。

然而我想起麻醉科实习时曾路过一间开刀房，外头罕见地摆了好几个运送移植检体用的大保温箱，上头贴了各医学中心的名条。开刀房里头满满塞了各专科的外科医师，人头拥挤；一问之后，才知道是一台捐赠刀。捐赠者是一个高中男生，健康，高壮，假日与同学打球，每天规律地上学与补习。一天饭后在家中看电视时，突然在一阵如被雷劈到的头痛之后晕了过去，抽搐，从此不省人事。

动静脉畸形瘤，脑子里的定时炸弹引爆。没有预兆，没有因果，一个寄生在血管间的安静闹钟，栖息着等待设定好的时刻来临，用剧烈的震动停止一切。

那个高中生的时间停止于两天之后，而即将有几个生命因为他而继续。他父母决定捐出他十七岁艳红的心脏，捐出他酣畅过滤着水分的肾；当然还有眼角膜，以及他身上所有能捐的器官。状况一等一，准备精力旺盛地继续工作五十年的健康器官。

外科术语，收割（harvest）。

手术灯聚焦底下，外科医师的眼中只剩下器官，血水的沼泽变成一片金黄的麦田，他们手持镰刀准备收割。心脏外科利落地绑线、分离组织，首先摘下了他的心脏；接下来磨刀霍霍的目标还有肝，还有肾，还有眼角膜。他是一株丰饶的树，躲藏的果实已收割好准备送往四方，埋在陌生的土地里静静等待抽芽。

收割一人，布施众生。医学的残酷如斯，医学的伟大如斯。

如同恐怖电影所假设，这些收割下来的器官，也还带有自己前一任主人的灵魂碎片吗？我所不认识的，这副角膜原本的主人也在我身后，用空洞的眼神默默凝视着我吗？我回头一看，是光线渐渐暗下来变成靛蓝色的夏夜，永恒的夜空，几颗早起的星星已在闪烁。壮观的新光三越大楼以一种不服输的姿态矗立着，仿佛昭示借由人类不断的努力，可以改变某些一贯的自然法则。其下，台北城的夜晚已经开幕，华灯初上，星罗棋布的灯光，处处是蓬勃的生命。而我一个人继续在台北街头走着，走着，抱着眼角膜。突然觉得是它，那层几乎透明的细胞，在我前方引路，带领我穿越阴阳的交界，走过由死到生那段奇幻的甬道。

临行密密缝

远方仪器发出急促的哔哔声，脚步由远而近，有人用力推开我值班室的门，门板撞上墙壁发出砰的一声巨响。

“CPR（心肺复苏术）！”

熟睡中的我脑子还没转醒，身体已反射地撑了起来，抓起放在一旁的白袍与听诊器，从上铺直接跳到地板上。

脚底接触到冷硬地板的疼痛让我瞬间清醒，循着嘈杂的声音冲进第六床，护理师早已围在一旁压胸的压胸，打药的打药，就等我上去接手。

其实我对于这床今天晚上会 CPR 早有预感。整个小夜班，病人的肝、肾功能急速恶化，尽管吊上了很强的升压剂使用，血压还是一路疲软，只是没料到过不到两个小时就不行了。

心律监视器上的线条，呈现一行破碎的波浪，随着压胸的动作起起伏伏：我满头大汗地汲水器般压着病人胸骨，想办法让那团死结的乱线能够压成原本漂亮的节律。住院医师学长走出门外跟家属解释病情，一阵低声的说话之后，外面爆出了呜咽。我在病房里头继续一下一下规律压着胸骨，手掌底下骨节偶尔几下喀喀声；整个病床也随着我的动作，发出了嘎吱嘎吱的声音。

一下一下压，十九、二十、二十一……监视器的波形愈来愈弱，愈来愈弱；我凝视着下方那位病人的脸：中年，干瘦，眼皮微张，上吊的眼白被胆色素染成一晕脏脏的黄；嘴无力地半开，凌乱的短须密布于骨节突出的下巴上。我双手交叠压着的胸前，一排肋骨清楚地浮现于黄疸的皮肤下。

学长走了进来，拍拍我的肩膀，“学弟辛苦了，就这样吧，家属也同意了。等一下我先去开医嘱跟死亡证明，你帮我把身上的管路拔掉，气切口跟大腿放双腔导管的伤口吊个一两针。”

护理师们走出去忙各自的事了，仪器也都被关掉。原本呼吸器的帮浦声[1]、监视器的哔哔声，以及杂沓的人声都静了下来，整间病房瞬时只剩我单独一人，面对着刚过世的尸体。我停下压胸的动作，定定地看着尸体。

1　即“Pump”，泵的声音。

你活着的时候是怎样的人呢？肝硬化到了末期，评估各项衰败的功能之后决定进行换肝，接下来就是一连串的手术与治疗、进出加护病房、管路、各种感染与器官衰竭等。

这是我从半年份病历上所知道的你。而我所不知道的你呢？失去意识前的最后一刻，你脑子里面闪过什么样的画面？或者还有什么话来不及说？刚刚匆匆一瞥，大学年纪的儿子、红着眼睛憔悴的太太，他们又在想什么？会不会觉得医疗给了他们希望，现在又无情地把希望给戳破？

总之，一切就只剩我与尸体了。此刻尸体躺在那里，维持着急救后嘴巴微张的状态，生命离去之后，体内正细微地腐败着。

我回过神，找了拆线包与缝合包，首先把大腿处用来洗肾的双腔导管拔掉，一汪暗红色的血随之汩汩涌出。我拿一叠纱布使劲压住；过一会放开，血已经不流了，只是在鼠蹊部的地方留下了一圈青紫色的瘀血。

我拆开缝合包，左手镊子小心夹起皮肤，持针器衔住半圆形弯针后段，亮着光的针尖仔细穿过大腿的皮肤。秘教的仪式般，我小心翼翼，即使你再也不会喊痛。

没有随之渗出来的血珠。线拉起，又继续穿过另一边皮肤之后，在持针器上绕几个圈，打结。大腿的缝合就完成了。

然后是气管。缝合时凑近气切口，这时候已经不会有任何气流通过了。但是隔着口罩，依稀能感觉到那个小小的黑洞有什么东西正悄悄逸散。生命的气息，死亡的气息。

针线起落，那个小洞上打了两个翘翘的外科结。

至此，所有的点滴针、动脉导管、尿管、鼻胃管、气切管与洗肾用的双腔导管都被拔除，无牵无挂，你又回到完整的一个人了。

护理师先前进来装的念佛机在角落无尽循环地唱着佛号，接下来的事我就不太清楚了。大约是家属联络礼仪公司，他们随后会穿着西装，推着厚实的棺木进来。你将被移往死亡的下一个阶段，我所不知的阶段。

我把剪刀与针线丢进收集桶，沾血的纱布丢进感染性废弃物的红色塑料袋，把其他用过的缝合器械包成一包。最后再一次看你，顺手帮你把病人服穿好，打结，裤子拉高。我忽然想起了一首诗："临行密密缝，意恐迟迟归。"眼看你即将出发前往未知的远方，而我所能做的，就是在床边一针一针，为你缝合，送你最后一程。

外科医师的手

有一个流传许久，关于医生的笑话是这样的。某天，医院的电梯要关了，一个医师急急忙忙奔过来，在电梯门要合起来那一刹那把手伸进两扇门之间，硬是把电梯门撑开。那一定是个内科医师。因为内科医师治疗病人不需要拿着手术刀，手被夹到没关系。那外科医师呢？

外科医师会冲过去直接用头顶开电梯门，因为外科医师开刀只需要手，不需要大脑（这当然是内、外科各自的刻板印象。）

外科医师的手带有魔力，那是日剧里外科医师男主角的手，发着光，轻巧叼着器械穿梭于病人体内，技术最精湛的飞翔。手术刀（或电烧刀）划过，生命中就有什么永远地离开了，又有什么被缝合起来，那是安静又决绝的命运之手。

曾经在整形外科看过接血管。仿佛显微镜底下的表演，我的主治医师用小镊子夹着一根蜂尾般的针，其上连着比汗毛还细的线，在一片血肉之中，缝合血管的两端。四周只有心电图滴滴滴的规律声响，外科医师的手拿针挑起血管一端，穿过，另一手的镊子随之接过针头，将线拉起。像是在玻璃瓶中，花费一整年的时间用一根一根火柴棒，组装一艘十七世纪的双桅帆船。那比原子笔芯还细的血管，就在坚定而缓慢的手起落之中，被几乎看不见的线接在一起。然后血液再次流通，原本已死去的肉再次恢复了红润。

他戴着乳胶手套的手起落，像芭蕾舞，经过暗室中摔倒哭泣的一万次练习之后，终于能在灯光下演出一场完美的天鹅湖。

心电图上的心跳愈来愈微弱，愈来愈小。

我心里明白，那根本不能算是心跳，只能说是我一下一下压着胸骨做心肺复苏术时，心肌电讯号的改变。手术已经进行一个小时了，这是一个车祸的年轻女孩，送入急诊室时已经没有呼吸，心跳，一路压了上来开刀房。此时消毒铺单什么也不管了，碘酒一泼，直接开腹探查，在浮满食物残渣与血水的腹腔中，大海捞针地寻找那条破裂的血管。

三十分钟是理论上的抢救时限，但虽然墙上时钟早已走过了三十分钟，却没有人想停止，两位外科医师把双手埋在血水里，持续在腹腔内掏摸，各种能夹、能拉的器械都用上了，似乎那深不见底的黑暗里还沉着什么希望。

心电图逐渐连我的按压也起不了反应，变成一条平坦但扭曲的线。外科医师抬起头来，互望两秒，轻轻地摇了摇头。这台刀的主治医师终于开口说："帮我把家属叫进来吧。"

三位家属披上简单的无菌衣进到开刀房，门一打开，她母亲就已承受不住跪倒在地发出痛哭。那是一丝仿佛从地底深处传来的幽暗哭声，细细的一条钢索，后面牵着最重的悲伤；看似父亲的人抱住了她的肩膀，说不出话。

但另一位家属，开始在开刀房内指着主治医师大骂。"干！你这么年轻，是主治医师吗？（旁边刷手护理师马上提醒他是主治医师没错。）你到底有没有尽力在救？你给我试试看……"

我躲在刀房的储藏室里向外看，从我的角度刚好看到主治医师的手离开了手术台，垂在身侧，像做错事挨骂的小学生。全身衣物已被血水泼湿，白色的橡胶手套上依然残留着干掉的血迹。

手术台上曾经强壮的操刀的手，此刻看起来是如此无力、衰弱，仿佛整个人一瞬间苍老了起来。

某天，下班后因为有事绕去研究大楼中的共同实验室。整个实验室灯已全暗，一排一排摆放瓶瓶罐罐的架子，像进入巫婆的秘密地窖。

负八十度冰箱的风扇发出嗡嗡的背景噪声，充斥着整个没有光的空间，让实验室呈现一种悬疑的气氛。我继续往前走，前方一个座位的灯还亮着。在一堵书籍堆砌的墙后方，我看到穿着长袍的主治医师坐在那里，面前摆着一列离心管，他正拿着微量吸管，在微弱的灯光下，一支一支将样本滴入其中。

他听到有人走近的声音，抬起头，跟我四目相望，来不及掩饰的眼神里满满都是挫折与疲倦。他的手悬在半空中，此时那双手不是在开刀房的聚光灯下将疾病切除，把生命缝合，也不是回到家中拿起筷子吃老婆煮的饭，或拿笔教小孩功课的手；而是在夜里机械性操作一次又一次重复的实验，用数据堆叠论文，论文堆叠积分，最终以积分换取在医院评鉴的游戏规则里，一个生存的黯淡角落。

今天是开刀日，一早便到开刀房准备。病人已麻醉完成，绿色无菌单铺上，我戴好无菌手套站在手术台旁，等待主治医师开始划刀，然后在旁拉钩、吸血什么的。

主治医师忽然转头问我，“你到外科之后还没拿过手术刀吧？”

我回想了一下。我的手在开刀房中最常拿的是抽吸器的管子，或是帮忙把手术切口撑开的弯钩，在妇产科刀房时总是拿着钳子把子宫顶起来，以方便主刀者操作内视镜。而某些罕有的人力充沛时刻，我的双手会安分地交叠在绿色的布单上，生怕一个不小心干扰了手术的进行。

我的手待过手术台上许多位置，就是没拿过手术刀。

“没拿过手术刀怎么算来过外科呢？”主治医师把他手上的手术刀转个向，刀柄递给了我。

“来，今天是你人生中第一次主刀。”

我脑子里一片空白，飘飘然地接过了刀柄。金属冷冷硬硬的手感，隔着手套传了过来；手术刀的弧线温驯地服帖着手，尖端的刀锋闪烁着光。那是破坏，那是力量，我像一个每天看科幻片的小学生，忽然获得了一架最新型的飞碟。

那是一台糖尿病足脚趾截肢的手术。刀锋划过，组织轻易地被分离开；主治医师握着我的手，一步一步，刀锋险险地跨越那些关节间的溪谷。

外科医师的养成，就是这样一代又一代传承手心里最秘密的烛火吧。在以往的年代，实习医师必须要亲自开过一台阑尾切除术（appendectomy）才算真正从外科毕业。

老一辈的医师回忆起，“那时候连手术刀怎么拿都还不知道，外科总医师就这样一个步骤、一个步骤教我，怎么从体表定位切入点，怎么分离腹膜，又怎么样在五公分深的小洞里沿着大肠掏摸，找到那条阑尾。

“自己拿着手术刀跟在旁边看的感觉完全不同，根本就不知道下一步该怎么做，刀划进人体的那瞬间，课本里教些什么全都忘记了。是当时的外科学长握住我的手，在旁指点，这里要怎么开进去，这里要小心什么结构，这里要怎么分开筋膜……

“那时候的外科医师很操，每天开刀开到晚上八九点是常态，值班时更是常整晚站在手术台前。其实学长还有很多事要做，但是他却带我一步一步开，仔细讲解该怎样避开那些肠子与血管。

那台如果他自己开可能只要二十分钟的刀，因为教我，所以搞了快两个小时。我有点不好意思地跟他坦承我之后其实不想定外科，但是他却不以为意，说这是每个医生该学的基础，不走外科更应该现在学起来，不然以后遇到紧急状况，没有人可以教你。”

那台截肢手术最后还是主治医师自己完成，但这依然是我第一次，也可能是最后一次亲手拿着手术刀，在另一人的血肉之躯上切割出属于我自己的痕迹。事过境迁，从哪里下刀、如何干净利落地卸下人家大脚趾的方法早就忘了；但是我永远忘不了手术刀交到我手上的那一刻，如中世纪骑士受封，一种肃穆的、古老的传承。

那是一只温暖而巨大的手掌包覆着我，其上，又有一只更苍老的手，再其上，再其上……这样层层叠叠，一把手术刀由远而近，泛着不朽的光辉，从古老的时代传过来，再经由那只坚定的大手，交到了我的手上。

开刀房内的巫师

准备开刀的患者已经被推了进来，双手张开平躺在开刀房正中央的手术台上。一旁护理师正拆开一个又一个的器械包，那些拆好的素色包布在台车边缘垂下来，把房间装饰得像是某种神秘宗教的祭坛。接好线材的监视器发出规律的滴滴声，等待着麻醉医师推门进来，宣布仪式开始。

有一阵子偶然看到一出讲心脏外科的日剧，里头的麻醉科医师是个颓废但技术精湛的胖子。编剧用来呈现麻醉科医师高强功力的经典桥段是：急诊室推进来一个状况危急的病人，麻醉科医师打着哈欠懒洋洋地出现，在焦躁的医师之间为病人点滴中加入麻醉药，如母亲安抚哭闹的孩子般在患者耳边轻声数数："……五……六……七……好了，麻醉完成！"病人如同被按下开关般精准地在第七秒失去意识，然后他便自顾自地回去睡大头觉。

但是还是没有人知道麻醉医师到底在做什么。

许多人一听到医师严肃地宣判疾病必须开刀，脑子里想到的只有穿着绿色手术服磨刀霍霍的外科医师；却很少人知道在病人“举头三尺之处”保佑的不只是神明，而是一个挤身在一堆仪器间狭小空地的麻醉科医师，一双隐藏在手术台光线范围之外的眼睛，用各种监测仪器确保这整场手术仪式能够顺利进行。那块隔在病人头部与动刀部位的布幕后方，许多电影、电视剧镜头不曾关注过的角落，的的确确有个人守在那里，像是隐身在黑暗中的偶术师，看着荧幕上十来个参数，手指悬丝飞舞，或打药或调整通气量，操纵整个手术过程的一举一动。

由于不常以白袍的庄严面相出现在病人面前，许多人根本不知道麻醉科医师的存在：手术前访视时那个身穿工作服、口罩下的脸，是技术员、看护，或是阿嫂？他们的面目模糊，在医院的角色也相当暧昧：大半时间都关在刀房内，参与每一台手术，却不属于外科；颈上挂着听诊器，微调复杂的体内循环，却也并非内科。在大多数的时候，他们飘然来到祭坛般的手术台，经过正在进行中的手术，阅读监视器上那些神秘的数字与符号，从黑底画面深处接收到了某些讯息，开始下达操控指令。灯光大亮，偶戏的仪式开始。

他们是开刀房里的巫师。

麻醉医师的工作十分奇特。他们通常不涉及治疗，反而是特意将患者推入生与死之间的边界，那个隔绝一切外来感官、六根尽寂，无有病痛与恐怖的灰色地带：仿佛观落阴或游地府之类民间传奇，焚两炷香、口念咒语，有心跳、血压的活人就能透过麻醉仪式短暂垂降入幽冥领域。与死神不同的是，绝大多数的时候，麻醉医师都有把握能将患者拉回血肉温暖的人世间。

他们也必须是最顶尖的诈术大师，欺骗我们海洋般深邃的大脑、繁殖期鱼卵点点在月光下飘散的神经传导物质，欺骗我们如扇贝在海流中缓缓开阖的受体与电流通道（这比大卫魔术或把广告单上的汉堡变出来吃掉之类的戏法还要来得深奥，还要神秘莫测）。用各种障眼法的薄纱光影，引导我们漂浮的意识缓缓向前，逐渐溶解在这捏造的虚构空间。

有些人会对麻醉感到恐惧，其中一部分的原因是那种无法抵抗、被强制剥夺感官的无助感，自己的意识随着麻醉科医师在静脉管路中打入那一大管白色人工梦境浓缩物，随着那略感刺痛的腴软感觉向上延伸，开始想睡；然后无论肉体与精神再怎么强健的人，只得乖乖旁观意识的堡垒逐渐崩塌、肌肉如垮掉的砖墙，摔入深邃未知的睡眠。

麻醉科医师不像一般内、外科医师，没有什么长久、稳定的医病关系可言。大部分的病人不太会常常开刀；即使偶尔开一次刀，麻醉医师在场的时间多半也不会是醒着的。病人总是希望经过内、外科医师的治疗之后有奇迹似的重大进展；而麻醉科医师却每天祈祷这个麻醉过程如同一场幻梦，在麻醉魔法失灵之时一切如烟散尽，什么事都没有发生。

然而，麻醉医师与病人之间的联系却一反开刀房内冰冷的金属关系，如此紧密，也如此温柔。麻醉医师哄我们的灵魂入睡，温暖我们的体温，成为我们的呼吸。无论多叱咤风云的人物在麻醉下也都一视同仁，必然退化成原始的、靠脐带般管路维系生命的胚胎状态。透过紧扣面罩的手与数根垂钓生命征象的讯号线，将自己的生命全然托付予另一个素不相识的个体，羊水般如此依赖又安心的信任。此时此刻，生命中没有其他人可以成为你的呼吸了；各种爱欲纠缠、各种复杂又疲累的人际关系，全都被隔绝于刀房的自动门之外。

除了那些有着秘教神殿内香烟袅绕意象的麻醉气体以外，麻醉科的确具有源远流长的巫师血统。早就在数千年前，许多原住民部落就已经开始借由植物中的麻醉药或迷幻药成分往来天人之界，与神灵沟通；那时的巫师在需要时的确也偶尔兼职作为医师。而至于现在毒品泛滥，那些社会版面上触目惊心，与援交、抢劫、轰趴捆绑在一起的罪恶字眼［吗啡、K他命（ketamine）、红中、白板[1]］，有些其实早就已经在开刀房内运用多时。那些被窃出天庭的魔法，一如所有神话、寓言所指涉的一样，开始变质、沉沦，成为流窜人间，永劫无法回归的堕落神祇。

而尴尬的是，麻醉科医师们对自己常用的药物机转，其实也不一定能完全解释：啊这个作用在钠通道，这个调控GABA受体……然而对于大部分的麻醉药物作用机制，目前的科学界还是各说各话。他们如巫婆煲汤般调制出各种把人麻倒睡着的秘药，却终究无法参透更深一层的生命奥秘，进入灵魂玻璃核心的那把钥匙。

麻醉医师们作为神灵终端机般在人间的媒介，即使手上拥有了再多跟上天预支的神通与法宝，毕竟也只是血肉之身的巫师。

1　红中、白板皆为旧时常用之镇静安眠类药物，在台湾地区施用者的“黑话”里，因其药锭外观而被称为红中、白板。

而我们的巫师所活跃的另一个舞台，就是偶尔发生一次的急救场景。

开刀房内的急救与一般急救不同，是进阶的高级版。大部分开刀房的病人身上早就已经设有数条输液管路、完善的生命征象监视器；最重要的，这里是医学祭坛的核心，急救弹药库存量最充足之处，而且一个紧急呼叫在数分钟内就能召集十来位经验丰富的医护人员，组成一支训练有素如《魔戒》远征军的精英部队。

麻醉医师在这场战争里担任白胡子巫师般的领队角色。他站在病人头侧正前方、监视荧幕旁边，刚好可以俯瞰全局的位置，全知全能地指挥各项战事的进行。“O_2 mask 扣好，IV flow 最大量，再 on 支 CVP。”“病人跳 VF！快，一支 Bosmin 给下去！”像是《哈利波特》里魔法师对决的场景，艰深的古老咒文横飞，几乎可以见到半空中的火花与爆炸。急救到一半，仰头看我们的麻醉医师，一脸肃穆，身形仿佛拔高数寸，成为电影或动画里那站在悬崖旁、孤身与另一边幽冥中龇牙咧嘴的死神大军遥遥对垒的长袍巫师。他口中不断咏唱各类咒语，护理师随之从身后递过来一剂又一剂、或大管或小支颜色不同的针筒，经由他的手注入病人体内。在这场两军近身肉搏的战争中，我们的主力魔法师穿着略显不合身的绿色破旧工作服，站在队伍最前方，伸手从医学的圣殿源源不绝召唤出晨光、露珠，召唤各种爱与神迹，化成一支又一支的光箭，不断射向未知、恐惧的黑暗之中。

最令人激动的一刻是我们终于战胜，监视器上病人原本纠结成一团的心电图舒展开，回到了规则节律，血压、血氧也趋于稳定。再一次确认病人没问题之后，医师们互相道谢，众人陆续散去。

我在旁满头大汗，目睹了一场跨界的战争，人与神之战。而且我知道，在那些巫师的带领之下，这次我们有机会能够获得胜利。

主治医师的笑

有人说，小儿科医师是充满希望的。因为与内科常见的各种慢性病相比，大部分小儿科的疾病都治得好，而且药物在几天之内就会见效，病恹恹的小朋友很快就恢复得活蹦乱跳；因此选择小儿科的医师，比较容易有“我把病人治好了”的成就感。

但这理论在小儿血液肿瘤科好像不太适用。

血液肿瘤科在小儿科的次专科里，是稀有族群。绝大多数的小儿科疾病部属于过敏科、肠胃科或感染科的范畴，血液肿瘤科是小儿科中相当冷僻的领域，专攻艰难深奥的血液病及所有癌症，大多数的人终其一生没机会接触这类的专科医师。

他们是故事里隐居秘境的仙人，只有遇到世界毁灭或是恶魔来袭之类的灾难时，才会降临在人们眼前，手杖上镶嵌水晶球，在黑暗中放着光，睿智地告诉那群平凡人类魔王的弱点，或是传授拯救世界的方法。

癌症，大概是小儿科会遇到最大的灾难。

血液肿瘤科医师每天面对的，是凶狠的肝母细胞癌、急性白血病、淋巴癌，以及从不同部位长出、各式各样奇奇怪怪的恶性肉瘤（Sarcoma）。临床上恶性肿瘤大多分为四期。疾病一步一步进展，预后越来越差；第四期通常代表着癌细胞已转移到肺或脑等其他器官，是最后一期，再过去就是生死茫茫的边境了。

有一次查房的时候，我问主治医师："第四期的病人做化疗还有办法救吗？还是只能做 Palliative（减轻痛苦的缓和医疗）？"已经很老很老的主治医师说："当然还有救啊，虽然概率很低，但是有些癌症还是有机会控制住的，我们正是因为这样而努力着。"

她看了我一眼，意味深长地笑，堆满了皱纹，仿佛是战场上老兵的眼神。

主治医师是已经六十多岁的老婆婆，看医师代码，大概是这家医学中心三十年前创院之初就已在此任职，是元老级的资深医师。她的专长就是儿童癌症，擅用名字七彩缤纷的抗癌药物，紫杉醇、小红莓、白金制剂等，像童话里巫婆在大锅里调制冒着泡的药水，里头藏着副作用的风暴，但也有可能带来奇迹魔法。

化疗药大多攻击生长快速的细胞，因此不只癌细胞，常常口腔黏膜、头发、肠胃道上皮都会一起遭殃。我曾经遇过已经做了好几轮化疗的“老江湖”，是个高一的男孩，在这群小病人中已经算是长辈了。印象中，两年前来此见习时就曾听过他的病例报告：据说肿瘤每次被药物压制住几个月之后，总又再次复发，这两年间就这样来来回回进出医院。

这次化疗结束后，我照例去探望他，发现他居然不吐也没拉，由衷地为他高兴。没想到他淡淡地说：“喔，大概明天就会开始了。”于是如预言般地，隔天清晨他就腹泻了将近十次。那是用止泻药也止不住的，几乎要把人的灵魂往体内下水道抽光的疯狂腹泻。但他似乎早已接受了这一切，脸上神情依旧淡淡的，仿佛那是别人的疾病，别人的痛苦。

许多小病人来住院，都是依照日期乖乖来做化疗，不能缺席，也无法请假。病房里有一本被翻烂的厚厚册子，里头是密密麻麻各种癌症最新的化疗准则；里头列出各种疗程的地图，有些化疗一次连续做五天，有些则每个星期都要做一次。那些在日历上一格一格写下的化疗药物剂量，伴随着副作用，是他们必须完成的跳格子。这个游戏起了头就必须忠实依照规范跳到最后，每做完一轮化疗不是结束，只能排着队等待报告，决定是否开始下一次的化疗。

通常完成第一个疗程之后，会休息一下，抽血或做影像学检查看看癌细胞有没有消失。当然，有些顽强的肿瘤会在这样的猛烈攻击后转入地下发展，如爬藤在体内绵延数个月甚至数年，直到某天认为时机成熟，在另一个器官破土而出。当所有的治疗都失效时，有些人经过评估后会使用骨髓移植；这大概是最后的法宝了，将体内的肿瘤细胞与造血细胞不分敌我，用高剂量的化疗做到玉石俱焚，再将骨髓干细胞注入血管，让其随着血液漂流，最终在如蚁巢般繁复的骨头中心找到自己命中注定应该居住的窟窿，在此安身立命地定居下来，此后日夜为陌生的宿主生产功能正常的血球。

做骨髓移植的病人，会住进血液肿瘤科那一排蜂房般的隔离室好长一段时间。门永远安静紧闭着，进门后，要在一个小房间里换上隔离衣，戴上口罩，才能开启第二扇门，真正进入室内。除非必要，否则没有人会任意打开这间房间，整个房间里面孤单单的只有一张病床，淡绿色的拉帘象征性围着，那层布提供了仅有的安全感。这种独立病房没有一般病房的拥挤，床边安静地散置各种家具：点滴架、小茶几、冰箱、电视、可以拉开变成一张行军床的陪病椅……

或许是因为那片封死的大窗户被贴上太深色的隔热贴纸吧，那个理应代表着纯洁无菌的地方，不知道为什么，却总让我想起老式三合院里，那种摆着神明桌与一盏暗红灯的小房间的感觉。那里仿佛与外界无涉，是有着自己的时间流逝速度、自己的风格摆设的独立空间。查房时逐一参观过这些病房，有些才刚进住，空荡荡的一无所有；有些桌上已摆满了营养奶粉罐或是其他不知名的健康食品；有些在角落堆积一座尿布与卫生纸的小山，宣誓着长期抗战的顽强。

接近下班时间，常可以看到那些妈妈们拿着各类食材挤在病房的公用洗手台处理，顺便交换一些健康药膳食谱，或是据说什么食物可以增加血小板之类的小道消息。她们纷纷消失后没多久，走道上就开始流动着鸡汤的香气。

我们的住院名单里有一个小病人，占据了其中一间房。那是一个长相清秀的女孩子，总会有些与病房愁苦气氛绝对不搭的时髦朋友来看她。后来才知道，她是某选秀节目的其中一员班底。那好像是这个年纪女孩子的梦想，化着超出年纪的妆，穿蕾丝边短裙在电视上唱歌、表演才艺，或是在主持人有意无意地捉弄下装憨搞笑。

在每周一次的显微镜判读教学中，我看过她的血液玻片：在作为背景的格线中，巨大而深染的血癌细胞推推挤挤，像深紫色的乌云，填满了玻片的网格。我想象，那些血癌的乌云如何在这样一个冰雕般美丽的少女的血管里推推挤挤，酝酿着藏在暗夜中的闪电与雷声。

而医院发生的一切，自然是与舞台灯光投射下完全不同的世界，那是一段辗转流落在不同病房内，阴暗、模糊、日子与日子之间没有明确界线的时光。她开始掉头发之后，干脆把头发全理光，改戴假发。因此那段时间内，她几乎天天变换不同的发型：俏丽小短发、棕色长直发、亚麻色大波浪……似乎唯有透过那些假发的变换，她才能想象自己又回到那个有叼着烟的导播、身上藏有一堆暗器般家私的化妆师、一群年轻女孩子凑在一起叽叽喳喳手机自拍的摄影棚，与荧幕里才能看到的艺人们近在咫尺。

下班后，我曾上网 Google 到她的博客，跟她的小粉丝们一样，点开一篇又一篇的网志，偷偷拆封她的心事。她抱怨着被关在与世隔绝的病房里好无聊，而且没有头发丑死了；她说一起上节目的姐妹们，好想你们大家哟；她跟别人约好下次要一起去听演唱会；她说她还想要去学跳舞，当作之后上节目的才艺表演。期盼中的下一次出游、下一季的表演，堆堆砌砌，每一个小格子点开，都是一个尚待描绘的梦的雏形。

我结束在小儿血液肿瘤科实习之后的几天，她的病房空了，据说前一天晚上突然发烧，感染在全无免疫系统防备的身体里，迅速扩大为败血症的风暴。最后抢救无效，她的身影消失在疾病的骤雨里面，留下再也不会更新的网志，以及大批粉丝痛心的祝福留言。

空的病房很快又被新病人补上，医院的事务还是照样进行；问诊、检查、开药，与平常没什么不一样。但是病房的护理人员与照顾过她的医师们，经过那间病房，都觉得好像少了什么，心里空空的。这样悲伤的故事似乎不应该发生在一个充满梦想的少女身上。我想告诉她：即使你头发掉光了，依然会是我们心目中最美的。

不知道为什么，我又想起那位年长的血液肿瘤科主治医师；她意味深长的笑，嘴角旁深刻的皱纹。有那么一瞬间，我忽然觉得自己有些懂了。

医学辞典

计算机断层扫描。

那是从放射科刚刚上传到计算机上的最新资料，张医师下班后一直在等的、最重要的检查结果，有了这项检查，病情就可以大致确定：数以百计的束状放射线穿过人体后，头也不回地奔向另一端的感应器，讯号经由计算机运算重组之后，在荧幕上呈现横切的影像。那椭圆形的截面像一幅地图：整个画面最亮的是脊椎骨，三道山脊由后汇聚成圆形的山峰，后方有片深色的湖泊，脊柱安静漂浮湖中，是草木苍翠的岛。

走下山峰，右边一片半月形的沙滩是脾，浅浅拥抱着潟湖般的胃袋；胃上的皱褶在黑白影像上看起来，像潮汐冲刷过的海岸。而最大的灰色三角形草原是肝；朴实，无声，常被人遗忘。

然后他看到那块肿瘤。

那是落在草原中央的一个天外飞来的陨石坑，陨石坑很深，底部一团糊糊的烂泥。再看更仔细一点，陨石溅起的泥泞，泼洒到周遭的草地，形成一些四散的深色区域。接下来显影剂灌注其中，把陨石坑填满了亮白色的液体，安详而静谧，像是月光下的湖泊。

“肝癌。”张医师盯着那幅地图良久，陷入沉思。

一直以来他都认为，临床医学知识是一条一条的词汇，而词汇底下密密麻麻罗列着的，是像叠在庙里供有缘人取阅的游地狱图一般，由无数受苦痉挛的人脸与呻吟所堆砌成的解释。看过的病人愈多，解释愈完备，那个条目就愈清晰，最终汇集成一本专科辞典。

学生时代，他总是钦佩于他师长一辈的看诊功力：那仿佛魔术表演一般，握了第一次见面的患者的手，马上做了初步诊断——“甲状腺机能亢进”。

“你知道吗？甲状腺亢进的病人只要看一眼就可以诊断出来。”病人离开诊间以后，鬓发灰白的资深医师转过头，对穿着白袍直挺挺坐在后方板凳上的他说：“几个特征很明显：凸眼、削瘦、容易紧张、手心出汗，你跟他第一次见面握手就应该要看出来。这种眼光要靠经验的累积，所以要尽量多看病人，病人会教你很多事情。”他视线越过老医师鼻梁上的厚重镜片，眼睛周围的特征在老花眼镜折光下略微放大；即使隔着这样的距离，他还是可以清晰地看见玻璃之后脸部的毛孔、浓密的眉毛以及眉毛下那双眼睛，沉淀着看遍各类疾病表现之后的淡漠与渊博。他觉得从他的角度望过去，像海，各种只会在书本角落出现的罕见疾病优游其中。

从那时候开始，张医师就很喜欢使用辞典来隐喻他与医学知识之间的关系，在课堂上也常常勉励学生多看病人，比多读书有用。他无法忽视那些痛苦，因此清楚记得每一件病人教他的事，这让他往往能在疾病们极刁钻的表现之中，找出正确的诊断。

就像前两个礼拜，初诊进来一位清秀的女孩子。女孩子长长的头发，看起来比一旁跟诊的四五个医科学生还小上几岁，主诉是频尿以及下腹痛。

医科学生们做完初步问诊与检查之后，几乎一致断定这是一个常见于女性的泌尿道感染，没有发烧或敲击痛，做简单的尿液检验就可以确诊并给予抗生素治疗。“还有没有什么其他可能的鉴别诊断？”回到讨论室之后，他问。学生们面面相觑，没有一个人说话：现在情况似乎相当简单，只要等尿液检验报告出来，就可以让那位在诊间外等候的病人带药回去吃。张医师在脑海中翻阅他的辞典，快速搜寻每个条目下方的案例。

“K他命[1]。”

“这个病人的脸色看起来不太对劲，而且泌尿道感染维持那么久又那么严重，太不寻常了，必须要把吸食K他命造成的膀胱纤维化列入考虑。”

半小时后，报告出来，K他命检验阳性。猜中了。他走出讨论室的时候，余光瞥见医科学生们崇拜的眼神，好像看到学生时代的自己。辞典中“泌尿道症状”这个条目底下又增加了一个案例，然后辞典安静地合上。

但那终究只是个隐喻。

张医师把诊间的计算机关掉，让那张肝癌影像随着荧幕的背光一起消失。

已经很晚了，跟诊的护理师早已下班，白天总是塞满乱哄哄病人的诊间外长排椅子，现在一个人影也没有。然而灯还是全开

1　即氯胺酮，ketamine，常被作为娱乐性用药滥用。

着，明晃晃地，仿佛深夜无人的游乐园，反而有种怪异的感觉。椅子上留下喝完的饮料盒以及胡乱收成一叠的报纸，走廊晶亮的地板反射着灯光；好像前一刻还充满人声的大医院，忽然受到外星人袭击之类的，所有人一瞬间就消失了，只有在苍白的空间中留下他们存在过、活动过的痕迹。

穿过医学大楼的时候，一个穿长袍的年轻医师跟他打招呼。张医师先是愣了一下，才认出那是自己早些年带过的学生。年轻医师兴奋地跟他寒暄，说在他身边那段日子启发了走上内科岗位的兴趣，一些知识与技巧至今仍让他获益良多等。他随口应和着，心里想：什么时候那些毛毛躁躁的医科学生，居然也成为独当一面的主治医师了？

张医师四十来岁，在医生中还不算太老，但今天晚上他忽然觉得疲倦极了。伸手揉了揉太阳穴，的确，这几年他孜孜不倦地看诊与教学，或许是承载了太多灵魂的重量；那些濒死的喘息、家属的哀哭，以及健康的人忽然发觉自己即将死去的那种震惊，磨钝了他的生命，不知不觉中让他加速老去。

他记起曾照顾过的一个印象深刻的血癌病人，才二十一二岁，还在念大学，白白净净的男生，单纯因为贫血来就医。抽血检查，白细胞高达三十万，急性白血病。

他的状况并不乐观，诊断之后，病情摧枯拉朽地持续变坏，用了两三种后线的化疗药都没效。但大概因为信教的关系吧，病患本人倒相当平静。

化疗药很快就让他大把大把地掉头发，每次查房，那男生枕边总会多了几撮细细的发丝，顶上也日渐稀疏；那种东秃一块、西秃一块换毛般的发型实在不好看，之后他就戴上了头巾，倒也有种运动风的爽利，除了每况愈下的抽血数据以外，看不出来是一个重症病人。张医师小心翼翼地用各种旁敲侧击提醒他，病情真的很不乐观；但病患本人倒心情不错，话题东牵西扯，扯到了他最近利用化疗的空当，在病房里写作的事。

张医师问写什么，大男孩耸耸肩，说：“没有特别主题啦，就只是单纯把我最近心里的感觉写出来，写给以后的人看。”他抬头看着张医师。“你不觉得才活二十几年就要死了，是一种很奇怪的感觉吗？无法形容……一开始可能会觉得：天啊，怎么会是我？我做了什么坏事才会遭到这种惩罚？但是你接受后就会愈来愈冷漠，好像这是一件与自己无关的事。”

他喝了一口水，低下头，看着病床棉被继续说：“那是一种很不真实的感觉。一方面你从各种客观的数据确实知道病情正在恶化，你过几个月就要死了；另一方面却又能清楚感觉到心脏跳动着，呼吸平稳而顺畅，肌肉也像以前一样能随意收放，一点也不像所谓重病或将死之人。你能想象吗？我是说，你当医生这么久了，你知道看着自己正在死去是怎么样的感觉吗？”

张医师摇摇头。“希望有一天，我有机会可以告诉你那样的感觉。”离开病房前，他诚实地说。

他可以依照经验，凭各种抽血检查、病理报告，帮疾病做分类：“很遗憾，这个预后很差，五年存活率只有百分之三十，请做好心理准备。”“啊，恭喜您，这是比较不具侵袭性的癌症，手术切除之后搭配化疗、放疗，有百分之八十的人可以完全康复。”但那百分之二十呢？那些被死神随机选中的人们，经由医学科技告知死期以后，原本被赋予的生存意义忽然全部遭到剥夺，最后那一段茫然朝终点走去的时间，又是什么样的光景？

张医师发现，他的字典里关于这项条目的信息是：零。

六月，张医师把在医学院最后一堂课上完，课堂结束前，宣布了明年将不再开课的消息。底下的学生们发出惊讶又惋惜的声音，开始窃窃私语。

门诊也停掉了不少，一方面是他自己的意愿，另一方面也是近来体力已大不如前。空出来的时间，他开始写作，分门别类，把他所搜集的疾病案例逐一书写出来，像一本辞典，又像一本临床教科书。

行医久了，信手拈来就是许多病例。他珍视那些病人用生命酬换来的经验，认为只要把这些知识传给后辈，病人就不曾真正死去。他并不会随着时间流逝而遗忘那些病人的脸，反而随着年龄的淘洗而更加清晰。

医院给张医师请了一段留职停薪的假，结束时间未定，但关于他病情的传闻早已传遍科内。某天他回医院办手续时，心血来潮抽空回办公室看看。那些熟识的住院医师与助理们露出惊喜又藏不住担心的神情，终于有人鼓起勇气问他说："张医师，你怎么变那么瘦？"他看了看镜子，脸色蜡黄，双颊深深凹陷，简直就像——典型肝病病人的脸。这副面具终于也戴在我脸上了，张医师心想。

张医师的体力愈来愈差，常常写着写着就陷入昏睡。好在医院给的假期，让他在那段空闲时间之内，把脑海中大部分的知识抄录完毕。

两周后，张医师接获一纸换肝通知，住进了自己熟悉的医院内。

换肝应该算是一般外科最大的手术之一，同时也是肝癌患者的最后抵抗与防线。手术之后，张医师昏昏沉沉地睡了几天，耳边依稀人声杂沓，好多人来看他，声音或男或女。有些人拨弄点滴流速，有些人对着监视器上的生命征象低声讨论，大概是他的医师朋友们。他们都很关心，但却也爱莫能助：这毕竟是一个人的战斗。

后来，他慢慢有力气睁开眼，甚至试着想从床上坐起来；从这样的角度仰头看病房倒是第一次，很是陌生，他有时几乎不知道自己身在何处。

身为主治医师，他很容易地可以问到自己的检验数据，并透视隐藏在那些数据之后的病况。数据并不乐观；肝功能大幅衰败，新加入的抗排斥药物，让他的免疫防线节节撤退。

接下来将会是一次感染，迅速扩大为败血症，然后多重器官衰竭，休克，呼吸与心跳停止。

多么熟悉的病程，他很清楚往后剧本应该要怎样搬演。

但是说也奇怪，他并不特别地恐惧；不知是否因为对于自己的疾病了然于胸，他对于死亡过程没什么异议。伟大或渺小的人都必须要死的，平凡而常见的死亡，每天都在发生；当你真正接受它之后，原来就是这么回事。

他想起那部长久以来不断以各式疾病累积起来的巨大辞典。死亡构筑的堡垒，其真正意义说不定只是让自己得以反复练习，当死亡来临时，应该以怎样的表情面对那些痛苦与恐惧。多年的行医生涯，他依然无法治好自己的疾病，却反而在临终时，以另一种方式拯救了自己；他清楚感觉到自己正在死去，那些世居于辞典里的鬼魂，用各种姿态显灵，给他安慰，给他勇气，陪伴他走向远方。

他又想起了那血癌患者对他讲过的话。

“说不定我现在可以回答你了。”

晚 祷

刚到另一家医院的那段日子，因为还不熟悉新环境，平常我总要忙到晚上七八点之后，才能自病房离开。那时医院附设的自助餐早就打烊了，周边的住宅区又找不到还营业着的店家，只能走半小时到台北车站附近吃晚餐。

虽然来回就会花掉仅剩的半个晚上，但我却很享受这样的夜间散步：走出医院东址的大门，沿着常德街走进古老的院区，然后再离开建筑物穿回热闹的大马路。街道无声，灌木丛间藏着夜晚的香气，从行道树的空隙看过去，夜晚的西址旧大楼像一幅油画般安静。

这栋日式的大楼很老了，几年前大幅整修过之后，依然保持原样；据说里头还是近百年前铺设的瓷砖，大厅屋顶来自阿里山的桧木横梁静静地支撑了快一个世纪，威严的建筑，象征着台湾医学的顶峰。

曾经在医院图书馆借了一本王溢嘉医师的《实习医师手记》，二十多年前的畅销书，至今依然能引起医科学生的共鸣：那是实习医师还必须清晨四点起床负责抽整个病房病人的血，或是值班时，半夜亲自在显微镜下数血球细胞的年代。那时候的实习医师要开过急性阑尾炎（俗称盲肠炎，外科最常见的急诊刀之一），更有甚者，实习结束、考完国考，就能出来开业了。二十多年后，医师只要在计算机前动动手指开医嘱，护理师抽血，检验室的全自动血球机将数据上传至荧幕，全套的血液检查不用一个小时；阑尾炎在某些医院里，甚至连外科第一年的住院医师都还开不到。只是有些什么无法捕捉的神秘气息，在鼠标与液晶荧幕之间，悄悄地逸散了。

而如今我站在当年他曾经实习过的医院里，同样也是实习医师。闭上眼睛，仿佛近百年来曾经在这家医院里面工作过、学习过，不同面孔的学长学姐们的身影依然忙碌地穿梭。有时天还没亮就起床抽血，在同样的空间里，我们重复前辈们曾经做过的技术，时间似乎在这间医学圣殿里从来不曾流动；恍惚间，或许在某个研究室窗口昏黄的灯光下，还能看到清癯的日本老教授，严谨地继续操作着显微镜，寻找医学上重大的发现。

这一百年是医学最蓬勃发展的时刻，医师的武器更多、更强大了，但病人的脸孔、主诉、病症甚至死亡都不曾改变太多。我心里明白，这家大医院不再如旧时代一般是医学上绝对的权威，其他医院或许在很多方面也有独到的进展。但建筑物内沉重的历史感，却让我觉得走在一座庙宇或教堂般，每一步都庄严肃穆。那不是这家医院的名气使然，而是那些在此用生命中最辉煌的年代努力过的前辈，像教堂里的壁画一样，俯视着我。

时间已经晚上九点多了，站在路口仰望着马路对面的医院大楼：除了探病的人以外，大楼里三三两两走出了几个穿西装、提公文包的中年人，也等着过斑马线。那或许是过于忙碌而夜归的医师们吧！曾经听人说，有些工作狂般的医师，往往清晨就到医院，而深夜十点多、十一点才回家；他们的家仅作为劳累躯体的暂时旅馆，而灵魂则寄宿在医院里，继续辛勤地工作着。这是几近宗教般的奉献，是医学的幸，病人的幸，或是医师的不幸？

不远处的台北车站依然喧嚣，高中生、通勤的上班族、逛街的年轻人，在霓虹灯的招牌底下穿梭；而几个街区之外，医师们略微驼背的身影，在圣堂般雄伟的医院之下伛偻走着，更像是刚结束晚祷的修士了。夜里的医院，巨大、威严；走在它阴影下的人群都像是虔诚的教徒，收起自己的脚步声，低着头，快步地走进夜色里。

天空之城

眼科病房位于这家高楼林立如城池的医院最边疆之处，眼科值班室大概就像戍守的瞭望台，孤独地被安置在病房角落。由于没有建筑遮蔽视线，加上书桌前刚好有一整面大窗户，眼科值班室显得孤高又遗世独立，仿佛是飘浮在空中的岛屿。

相较于与生死肉搏如战场的内、外科病房，眼科的病人们相对稳定。值班的实习医师主要的职责，大概不外乎接接新病人、泡泡眼药水，其他时间就可以待在值班室处于待命状态，等待手机铃声响起。

而手机安静的时候，时间在这个房间流动的证据，只剩窗外夏日雪白的积云在天上慢悠悠地飘过，在地上投影出一团团影子。积云们一堆一堆各自独立，像是小时候去游乐园人手一支的棉花糖，轻松地在人海之上漂浮着。一架飞机缓缓飞过，在透蓝的天空中拖了一条长长的凝结尾。想起宫崎骏动画《天空之城》中的飞行城堡，其实是藏在巨大云丛之间的漂浮岛；夏日的云是空中之岛，云的影子飘过柏油路，飘过鳞次栉比的房屋，屋顶的闪光，缓慢地推向远方群山青黑色的剪影。

想象远方，想象着越过贫瘠的工业地带，越过远处那群山，就会看到海边。此刻接近七八月之交，若是几年前还在学校念书时，像这样光灿灿的暑假日子应该全被抛掷在游泳池里漂浮，或是在海边冲过一个又一个浪头。然而现在已是实习医师了，虽然名义上依然是医科学生，但已背负着责任与义务，没办法拥有暑假的特权了。那群山的背后，是现在的我无法到达的地方。

阳光下每台车子都反射着金属的光泽，排队穿过那些连影子也轮廓分明的方格建筑群。窗外金黄色的阳光静好，时间像水电轻轻地跳着，滑过光滑无波的水面。隔着玻璃在冷气房内遥想被隔绝声音与温度的远方，好遥远，像是在电影院里看了一整个下午的南欧电影。

啊，不愧是眼科，这样的一个午后，感觉日夜埋首在千篇一律的医疗文书中的视力，终于得到了解放。想象未来的某一天，我已在某座医院里耗尽了大部分的青春，老到忘光了所有近视远视青光眼视力检查，老到与世界也隔了一层白内障，说不定我还会记得那个与整片汪蓝天空对望的午后，还是一个什么也不会、什么也想学的实习医师，独自镇守在那苍白漂浮如天空之城的值班室。

值班室有鬼

我绕着病房找了很久，才在电梯旁边斑驳的小门找到进入寝室区的入口。一整排破旧的木门，上面贴着开始剥落的号码：1201、1202……一直排到走廊的尽头，最后那一间，就是我未来半个月独居的寝室。但是都没有人，这是最诡异的状况，整条走廊明晃晃的，却没有半点人声，像是某个盛大宴会中，客人全被外星人绑架似的。这是用以前旧病房与值班室改建成的男生寝室，因此依稀还有着往日作为病房的配置痕迹。慢着，医院闲置的无人旧病房，深夜一个新来的年轻医师疲惫地拖着行李入住，毫无警觉地躺上床去……这不是恐怖片的老套场景了吗？

我头皮发麻。经过三番两次地转车，来到这家滨海的医院已近深夜了，也总不可能拖着行李去跟对面病房的病人商量借个病床来睡，明天早上还要晨会……算了，我深吸一口气，推开房门。

值班室里尚且干净，只是桌上零散摆了些过期的八卦周刊与几支残破的听诊器；地上随意扔着的值班服（就在不远的墙上贴着严禁把值班服穿回寝室的告示）以及铁架上一团一团用来练习绑线的外科结，显示着这间值班室前不久有人住过。书桌前的墙上贴着过期的班表，不知道哪年的学长留下歪歪扭扭的字迹写着：学弟加油！这是最后的辛苦时光了！

像极了以前高中时那栋历史悠久的高三大楼，重复粉刷的教室墙壁总是无法彻底抹去每年将最灿烂的青春锁在这里，与大学联考奋战的痕迹：那些青春发泄式的三字经涂鸦，读书时无聊用小刀对着墙壁乱抠而凿出来的洞穴，以及一行行歪七扭八故作浪漫的留言。在那些被我们戏谑称之为“历史的荣光”的遗迹之下，学弟们看着榜单上发着光的名字，有为者亦若是地低头发愤念书。那些历代学长们的刻痕，有如岁月的墓园般，每年总是会添了些新的碑文；然后前人留下的遗迹也终刷上油漆，逐渐淡去。

而现在，我仿佛看到这间有了二十几年历史的值班室，一届又一届的医科学生们在这里度过最后一年的实习艰苦时光。不知道是否神经太过紧张，似乎一直觉得门外有隐约的脚步声愈来愈近……等一下入梦以后，恍惚间说不定可以看到某位医师年轻时削瘦的身影推门进来，疲累地卸下沉重的白袍，拖着长长步伐走过寝室地板，倒回到当年他熟悉的床位。

说不定这间值班室真的有鬼，是历代学长把岁月抛掷在这阴冷医院与疾病进行缠斗，以青春酬换医学奥秘，用各种他们在此生活过的遗迹一而再、再而三地显灵，炯炯地看着每年永远青春的实习医师。

鬼 月

医院，阴间与阳间的交界；新生命在此诞生，老去的生命也在此流逝。若是能够感知异次元讯息的人来看，这家无时无刻都人潮汹涌的医学中心，在另一个世界的情况，想必也是处处鬼头鬼脑挤成一堆。

各种江湖上流传的鬼故事都告诉我们，医院的夜里，那些楼梯间的阴暗角落、无人的病房，往往藏着各种鬼魂。那些鬼魂是每一个病床都装载过各种生离死别的故事，像是生命的公交车站牌，总是有人不愿下车，也有入睡过站。

作为承受巨大生死流动的载体，顺应民情，医院的中元普渡法会格外盛大；不只是直接照顾病人的临床科部不敢怠慢，一些平常养细胞、杀老鼠，与世无争的研究单位也会一起共襄盛举，超渡一下为医学进展牺牲生命的实验动物。以院长为主祭，医院的一级主管们也到场不少；为了病人也为了自己，大家都希望好兄弟饱餐之后不要来搅局，能让未来的一年顺顺利利。各单位的供品在广场上一列排开，主持典礼的僧团就绪，庄严隆重；平日严肃的医师们此时都卸下科学与统计的武装，站上祭坛，是一种与医学无能为力的血肉人间表达和解之意了。

中元普渡最开心的时候，是在结束时，将一车一车的零食推回护理站集体瓜分；每个护理站的食性可以从祭品内容看出端倪。某护理站偏爱泰式辣味异国风的零食，另一层楼则独钟茶类清凉饮品。先不论好兄弟们满不满意今年的口味，我们这些出钱出力的阳间凡人倒是挺挑嘴的；一份祭品，阴阳两界共享，人鬼同乐，那些绘影绘声的鬼故事，好像也没那么可怕了。

作为病房流动人口的实习医师们，偶尔也能从丰收的祭品中分到一杯羹，似乎隐隐有着让我们尝点甜头，不要在期末座谈会时爆料作怪的意思，是另一种层次的普渡。但我们真正在意的是，鬼月开刀住院的人多不多，值班时，病房能不能一夜安宁。随着社会现代化的脚步，医疗被简化为一手交钱、一手交货的交易行为，愈来愈少人对鬼月有特殊的禁忌了；被遗忘的鬼魂们只能空虚地飘荡在深夜的走道上，瞪着满床的病房，以及眼神呆滞匆匆走过的值班医师。

鬼月不知不觉在一连串的开刀与查房间已经过了一半，没有超自然现象，也没有灵异照片。走出病理大楼时已经黄昏，下午举办过法会的空地只剩几张散落的铁桌，以及随风旋转的纸钱。空气中留有线香焚烧过的味道，天上万里无云。这个阳光普照的中元节，眼看着就要过去了。

员工用餐区

近年来的医学教育声浪，希望实习医师们能够对自己负责的病人达成全面照顾（total care），亦即将一个病人从问病史、下诊断、开医嘱乃至做处置，都自己第一线包办；然而依据实际情况，有些人会真的 total care，总是也有些人会变成“偷偷 care”。然而不管工作量忙碌或清闲，中午大多还是能有人性化的吃饭时间，让整天在病房内被各类疾病轰炸的实习医师们至少有个中场休息的机会。

因此，每到中午左右，医院地下街的员工用餐区总是挤满了一桌一桌的实习医师，利用这一天中仅有的悠闲时光，交换着彼此病房工作的辛劳，顺便游走传递从各个护理站之间所搜集来的八卦消息。主治医师人好不好，病人或家属又有哪些天马行空的要求，哪个病房的某护理师千万别惹；那些最初义愤填膺狗屁倒灶的各种衰事，在此都云淡风轻，便成了搭配午餐最佳的小菜。

在我尚未进入临床阶段之前，曾经到土耳其的医院当过短期的交换学生。那时候负责接待我的当地联络人是一个实习医师，每天只要病房一有空当，就会找机会往地下室的小酒馆钻。在那里，拨开昏暗灯光下的烟雾（土耳其似乎没有禁烟这回事），桌子后面总是有他认识的熟脸孔，坐下来就是抽不完的烟、聊不完的天。

我那时候尚不明白，为什么大家总是往那里跑；原来员工用餐区所供应的不只是食物，也为劳累一整天的疲惫心灵提供可以放松的角落，扮演着一个港口的角色等远航的船只停泊。

在那连续值急诊夜班的日子里，好不容易抽空暂时挥别忙碌的急诊室，吃个迟来的晚餐。离开终日灯火通明的，第一线面对各种疾病的急诊治疗一区，时间的流逝才开始变得清晰、有现实感了起来。此时原来已逼近午夜，中午时分人潮拥挤的地下街餐厅，现在空无一人。座位区早已熄灯，摊位大多拉下了铁门，仅剩一家面店的招牌还亮着，但也接近打烊。老板娘单薄的背影在白色的蒸气中显得面目模糊，我叫了一碗汤面，将就要了些所剩不多的配菜，在空荡荡的员工用餐区随便找了个位置，准备享用我的晚餐。

捧着那边缘略显油腻的塑胶碗，吹开浮着的薄薄油花，热气呼地卷了上来。这时，我看到另一个穿着和我一样的蓝色工作服的身影，也走进了餐厅。那是我的同学，他见到了我，点了一碗面之后，也拉了张椅子在我对面坐了下来。

像一艘船在深夜的海上，遇到另一艘船的灯火；我们对这样的相遇没有多大的惊喜，反而是一种同为天涯沦落人的疲惫。面对在同一家医院的不同楼层、与不同疾病奋战的值班伙伴，只需要简单招呼：

“今天也值班啊？”

“值哪里？”

“是哦，忙吗？”

捧着同样一碗汤面，披着同一样式，但已不再崭新的白袍，我们像战争片里，经历过数天战事终于缓和，偶然在壕沟中相遇的战友，看着对方瞳孔中自己的影子，已满脸污垢长满了胡楂。此时有默契地为彼此点一根烟，烟雾中藏着字句：“昨天那场炮击真猛烈啊。”“没想到你还活着？”“运气好而已啦！”不必说话，那是只有同样经历的战友才晓得的无声密谈。

当然这里不能抽烟，所以我们只能一起吃着面，面汤吹起热乎乎的白烟。面对即将来临的漫漫长夜，什么时候手机将会响起，又会有什么样的紧急状况；此时全都不想管了，默默无言，在无人的餐厅专心地埋头唏哩呼噜吃着面条，竟是整夜心里最温暖、饱满的一刻。

鸡排巷

“我刚来这里的时候，你现在看到的这些卖卤味、鸭头的摊贩，从台北市中心返回郊区的通勤车潮，这些‘扛棒’，这些穿梭街头，脸上挂着幸福表情逛街的年轻人，根本就不存在。”某次跟资深的主治医师吃饭时，他这么说。

我们身处巷子里一家西餐厅内，音响里播着轻柔的古典乐；服务员收走桌上的空餐盘，端上饭后甜点。很难想象主治医师口中提到的，那个遍地红土，除了一间怪物般自平地拔起的巨大医院以外毫无人烟的林口台地。

而窗外那条巷子，几乎是这附近最热闹的地段；它正式的名称是“复兴北路”，但我们都叫它“鸡排巷”。

七年前我刚入学的时候，这条街还是空荡荡的；夜里偶尔两三个当地少年比肩走过，踢着空罐子喀啦啦声音在无人的黑暗里回荡。巷子口接近大马路处有一家炸鸡排摊，营业到很晚；穿着白汗衫的老板与一个伙计满头大汗地在金黄色的油锅前，将裹满粉、仿佛京剧演员的脸而丝毫看不出底下肉色的鸡排，一块又一块丢进滋滋作响的锅中。晚上九点多了，摊子前依然排着长长的人龙，都是些略带疲惫的年轻面孔，对着刚起锅、还晾在铁网上滴着油的鸡排干瞪眼。偶尔你从旁经过，其中一个面孔忽然亮了起来，兴奋地打招呼：那是你的某个同学，准是因为学长学姐或学弟学妹要考试了，骑车出来买消夜。

送消夜是系上的传统。上届学长学姐总是热情地在学弟学妹们上大学第一次期中考时，送上各类热腾腾的消夜，学弟学妹念书到半夜时热泪盈眶地接过消夜，则有样学样地在学长学姐考试时回送。如此回送又回送，形成一个食物的军备竞赛，也肥了医院附近的各类摊贩。

鸡排当然是消夜里最常见的；吃腻了鸡排，也有人选择送隔邻那摊的可丽饼，顺便欣赏卖可丽饼的长发姐姐。那摊的女主人没比我们年纪大多少，看她在圆形的大铁盘上平铺一层乳白色的面糊，等凝固变得金黄时，优雅地撒上玉米、鲔鱼、巧克力酱等，再用煎铲小心地卷起，装进纸盒里。我们每次排在队伍中，看着姐姐专注的神情，总是窃窃私语打赌着谁等下要过去搭讪，但是没有一次真正行动。

除此之外，离鸡排巷不远的一个美食广场，也是我们购买消夜的大本营。说是美食广场，更像是一个由十来家摊贩共同经营的小型夜市。摊贩的店面呈门字形围绕，中间摆满了夜市常见的廉价折叠不锈钢桌、橘色或绿色的塑胶碗。免洗筷的套子纷飞，一个老人驼着背，穿梭在桌面堆满了啤酒与热炒空盘、大声喧哗的顾客中，默默地把剩饭、剩菜扫进馊水桶内。

虽然我们偶尔也会外带这里的山西刀削面、羊肉羹或蚵仔煎回去当消夜，但记忆中最熟悉的还是一群同学将几张桌子并在一块，每个人各自端来自己买的晚餐，凑成一桌丰盛的筵席。而也只有这时候，那鬼魅般与我们似乎不同时空的安静驼背老人，才会开口用沙哑的嗓音讥诮，抗议我们带太多外食的垃圾进来。

通常是游泳队练习之后，几个饥肠辘辘的大男生趿着夹脚拖，勾肩搭背走过狭窄的骑楼，穿过又湿又冷的冬夜，前方就是热腾腾的美食。那时的鸡排巷总是空旷而黑，虽然小巷两旁都画了红线，却也宽容地让我们把车随便停在路边，走去不远处的美食广场。而现在从窗外看出去，卖盐水鸡的、卤味的、鸡蛋糕的摊车，早已占去了大部分的路肩，甚至鲜少有车敢在下班人潮拥挤之时擅闯；鸡排巷此时已成了像西门町徒步区一般，不容侵犯的存在。

主治医师指着窗外正在整修的对街烧腊店说：“这种店面现在至少三千万起跳啦！你知道吗，十年前只要六七百万就可以买得到。”正在装潢的店面漆黑一片，一些倾倒的木柱与垂吊的电灯，一副鬼屋的样子，看不出有三五千万的价值。右边转角处是一家流行女装店，此刻正挂出一串旗帜似的招摇短裙吸引下班路过的年轻女生；左边是一家在建筑物夹缝中求生存的狭小精品店，卖着可爱的小饰品，玻璃门上用粉色蜡笔写着“指甲彩绘 150”。再过去是新开的意大利面店，门口架着小黑板，写着今日特餐；大面窗户可见店内刻意摆设成欧洲乡村厨房，以草绳串成一串的大蒜、麦穗、香料罐；再过去……

鸡排摊早在几年前就已经搬到外边的大马路上自立门户，这条安静的巷子趁着林口暴涨的人潮愈来愈热闹。我想起前几周，与低年级的学弟聊天时谈道：“……那我们就约在鸡排巷口好了。”“啊？鸡排巷？鸡排巷在哪里？”他一脸狐疑。

时光的镜头快转，身旁的人潮汇集成色彩缤纷的河流；抬头一看，建筑物像 Discovery 探索频道用缩时摄影拍摄种子发芽般，往远处一栋一栋建立起来。店面熄灯，然后打掉变成废墟，转瞬间又骨牌般哗啦啦翻面换了个面貌，夹带着更炫、更新潮的招牌出现在原处。远方灰色的巨型水泥梁柱，撑起正在兴建中的捷运高架桥遮蔽了天空，宛如《雷神索尔》中那壮阔的、连接星系之间的时空走廊；其下，轰隆轰隆等红灯的车潮则像《魔戒》里等待白袍巫师一声令下的骑兵，马匹鼻孔喷着热气而马蹄焦躁踩着地，黑压压就准备要冲锋而过……

一切正在改变，正在翻新；这是我用了整整七年，所熟悉但转眼又复陌生的林口长庚商圈。

是的，原来我们的鸡排巷，此刻已经不存在了。

成为

——失去的，正是获得的

那些时刻如微小的繁星一样点亮了治疗室，好像远处真的有一条银河，只要努力伸出手，几乎就能触及。

最后三十分钟

女孩子躺在担架上被推进来的时候，我正在旁边缝合室的小房间帮一个弟弟缝头皮的伤口，他的父亲略显不安地在背后盯着我，使我只好按捺住心底不断涌出想要去隔壁帮忙的好奇心，继续一针一针地缝；当然我也知道，在这种紧急场面，实习医师能帮得上忙的机会不是很多。

这是整个急诊外科仅一个礼拜的实习过程中最大、最糟的状况。一个多小时前就听见急诊的主治医师在讲电话接洽，说是一个二十岁年轻女性被砂石车碾过，大量血胸、血腹外加骨盆骨折，外院做完初步处理之后就会送到我们医院。几乎所有外伤科常见最严重的诊断在她身上都有了，每一个都是死亡率很高的外科急症。

女孩子的担架在一群医师、护理师的簇拥中，笔直穿过急诊外科等候区吵吵闹闹的病人群（仿佛听到那些原本小声埋怨自己伤得那么重怎么都没有被紧急处置的病人全噤了声），被推进隔壁的急救室。隐约只听见嘈杂的人声传了过来，似乎有人跳上去做心肺复苏术，其他人手忙脚乱试图在任何可以找到的血管上放置点滴针，然后有人走过来把两个房间中间的门关上。

等到我结束手边的工作，换好衣服进入开刀房，手术已进行了一半。我瞥了一眼墙上的手术计时器，手术开始了十几分钟。麻醉科的仪器哔哔作响，静脉连着许多管线通往红色的浓缩血液、透明的生理食盐水、乳白色的血小板，点滴架上各种颜色的药瓶及输液袋结实累累。值班的主治医师与住院医师分站两旁，住院医师用手抱住湿淋淋的一团粉红色大、小肠让出视野，主治医师正浴血奋战，将双手伸进后腹腔又翻又掏，器械与纱布齐飞地快速止血。另一位住院医师原本正在一旁压胸，见到我进来如见救星，将 CPR 的工作换手交给我之后，转身也加入了腹部的战场。

绿色布单以外露出女孩子的脸，她嘴里咬着气管内管，双眼紧闭仿佛睡着，从布单底下大字伸出来的两只手臂因血液灌流不足而苍白得有些死灰。我尽量挤出空间让给满头大汗的主治医师，用蹩脚的姿势侧身做着压胸的动作：压胸的力道让女孩子绿布下的身体像是波浪上的船一样摇晃着，那些夺门而出的大、小肠也仿佛某种软体动物般带着黏液蠕动。

靠得愈近，即使戴了口罩，也都还闻得到那气味。酸酸的、奶酪般的、肠内菌丛集体嘉年华似发酵的气味，与乳白色的食糜一起星点散落在腹腔各处。惨啊，肠子破了，我想。在平常开刀时这是不得了的大事，代表后续难逃严重感染的命运。但这时候的状况已经无暇去管肠子的事了，骨盆腔里面的出血在纱布拿开的一瞬间又涌了出来，仿佛上头输进去的液体直接流进腹腔里；心跳依然没有起色，墙上的时钟也走到二十几分。

“不管怎么样，尽量救她到三十分钟。”主治医师下了决定。

心肺复苏术三十分钟，通常就是急救的极限了。其实看着监视器上的波形就能知道，不管是电击或压胸，都无法取代心脏自发性的电讯号。心脏的电气活性会愈来愈弱，能压得回来的病人通常最初三五分钟就有起色；况且人工心外按压的给血功能毕竟无法取代真正的心脏收缩，超过这段时间，各个重要器官缺乏灌流太久，造成的缺氧损害已经到无法恢复的地步。因此除非病人状况特殊有存活可能，否则急救都以三十分钟为限。

一旁的护理师小声地提醒，三十分钟到了。我抬头一看时钟，其实已经超过了几分钟，但是在场所有人都很有默契地忽略这个事实。继续救，继续止血继续压！主治医师没有说话，住院医师也没有说话，但是大家都不想承认这个女孩子已经离开了。

我们停手，就代表了一切的结束；然而我们不停手，一切就不会结束吗？

我看着她的脸，难过地想：这个大二年纪的女孩子校园阳光下的美好青春，生活应该围绕着化妆、打工，以及即将来临的期中考等小小烦恼，为什么会在这个时候以这种破碎的姿态出现在急诊室呢？她是下了课正要赴约逛街？还是骑着机车赶着去打工？隔天早晨的课堂上，他们班就永远少了一位前一天还有说有笑的同学了；更不用说才刚接到警方电话，接着就要再由医师宣判结局的父母。为什么上天要一点准备都没有，就丢给他们这样一个艰难的考验呢？

走回开刀房更衣室，全身肌肉都在抗议，仿佛从前体育课测完三千米跑那种酸痛不堪。换下绿色手术衣，吸水布料缝制的衣服早已一身臭汗。连续半小时的 CPR 竟能如此疲乏，但是能流汗、能觉得酸痛，是生命依然存在的证明。我还活着，但是今天晚上有一个比我年轻的生命就这样仓促而忙乱地离开了；死前的最后半个小时竟然是我、这个没大她几岁的实习医师，在拼了命地代替她心脏的功用。

走在医学大楼的中央走廊上，忽然一个妇人从后面叫住我，“医师请问一下，加护病房怎么走？”然后递出了一张写着名字跟病房号的纸条。我看到那名字心里一紧，很想脱口而出告诉她：“你不用去找那间加护病房了，因为那个名字的主人到最后还是没能够撑到加护病房。”

然而我没有点破，假装不知道地告诉她加护病房所在的楼层。或许这个悲伤的故事不应该是由我来结尾吧，或许最后这十几分钟让她怀着希望也好。看着她急急忙忙穿过冷清的走廊跑向电梯的背影，我忽然觉得巨大的虚脱感从体内深处涌了上来；至少在今天晚上，我只想头也不回地离开医院。

洞 天

烧烫伤中心藏在人迹罕至的一角，要过两扇自动门，出入刷卡管制，与外界层层隔绝；门前除了神色匆匆的医师偶尔经过以外，少有人烟。

但铁门之后却别有洞天。如同古代寻仙的仪式，虽然不必斋戒沐浴，但必须在两扇铁门间的小更衣室戴起发套、口罩，换上全身隔离衣物，脚踩云雾般的两团蓝色鞋套才得以进入；铁门开启，冷冽的空调扑面而来，口罩绑带在头部后方随风飘然，举目是无尘的加护病房，如登异境。

小时候听过一个寓言，老神仙给求道人成仙前的最后一个难题，就是跳进滚烫的泉水里，洗尽肉身俗尘，才有资格脱离俗世而羽化飞升。来到烧烫伤病房，才明白那个寓言背后是如此沉重的隐喻，那义无反顾地纵身一跃，舍弃的不只是那层轻薄的皮肤，而后还有其他更多更沉重的事物。

以护理站为中心，烧烫伤病房呈门字形展开。每间病房有自己独立的空调、浴厕与门窗，里头病床上一个一个躺着的，是包裹在白色纱布中的烧伤病人，如蜂房中的蛹，等待护理人员灌食换药，羽化着，缓慢成长。

有人在病房里听着收音机，广播电台放完了流行歌，主持人略带沙哑的嗓音说，现在时间中午十二点，我们开始播报午间新闻。

新闻里字正腔圆地播报着的，尽是一些衣冠楚楚的政治事件，和杀人放火的社会消息。那些似乎都离我们很远，很远；这里是另一个星球的太空站，无菌无尘，穿着只露出眼睛的太空装，吃从地球运输过来的太空食物（其实是因为换装太麻烦了，时常出入加护病房的阿嫂就顺便帮所有人一起买午餐便当）。太空船机组员忙碌地走来走去，每天监测病人各项数据，务必让他们安全降落于宇宙彼端。

偶尔听到记者潦草地播报过去，说着附近工业区发生了化学药物储存槽的气爆事件，一名工人严重灼伤……那些永远藏在最小版面的新闻，是唯一与我们有关的；新闻如预言一般，没多久，那位病人就真的出现在大门口。

烧烫伤加护病房门口处有一处水浴室，入院的病人必须先在消毒水中浸泡，脱去那些粘连的焦痂与衣服。这是进入无尘世界的仪式。历经疼痛，洗去脏污、脓血，连着那些脱落的皮肤，象征着外面正常的生活也一点一滴地剥落。没有那些夏日的海滨，没有百货公司，没有下午茶；前方的路程艰难且远，此去便是数周至数月修行般的日子了。

状况最严重的病人刚住进来时，都要住在一人一间的特殊单人房里，那是加护病房中的加护病房。一天两次的大换药时，我必须要跟在护理师后面帮忙；换药在这里是高度专业化的，如一支训练有素的足球队。她们四五人一组，当有人帮翻身时，有人顺势除去病人的衣物，有人在病人身上清洁时，有人抹药膏。

我的工作是在她们忙着时，扶住病人的气管内管，以防在换药翻身时掉了出来。维护病人气道畅通是一件极其重要，做起来却又非常无聊的差事；但扶管子的人必须站在病人床头正后方，这个位置让我得以一览整个换药流程。

我看到病床正上方的冷气出风口用塑料纸罩了起来，问换药中的护理师为什么；她头也不抬，说："因为换药的时候，每一丝冷空气吹在患者身上都犹如刀割。”每日换药两三次，如千万轮的刀刃割在身上；这里的时间刻度，是以疼痛的次数来计算的。

纱布拆开，那个病人整个上半身三度灼伤，整个人像一颗削了一半的马铃薯，泛着黏液，滴着水；在伤口上用力地擦洗之后，褐色的表皮剥落，露出死白的皮下组织。一旁的总医师看了摇摇头。这些组织基本上是死的，需要经过“清创”——我曾在手术室里看过这种清创的过程，那是像削皮一样，刮刀刮下后地上片片都是病人的死肉，来换取底下血肉充盈的正常组织成长的空间。

对于大片伤口，唯有妥善清创之后，才能进行植皮。植皮手术如女娲补天，以自己头部或大腿的健康皮肤，覆盖住伤口。取下来的薄薄皮肤会经过加工，裁切成网状，以包覆更大的面积；但对于面积太大的烧烫伤，植皮一次不够，取皮处的伤口会被妥善包扎，送回病房养皮几个礼拜，再取一次。在这无尽的取皮轮回中，他们静静躺在病床上，像是睡了，又好像清醒着知道一切，只是将自己放逐到痛觉的边境，一直忍耐；他们正以肉身为鼎，疼痛为薪火，炼化着表皮细胞的补天石。

烧烫伤中心的病人们遍布各个年龄与社会阶层，每个人都有可能因为各种意外而住进来。病历翻开，入院记载中满满的故事，都是一出悲剧的源头：有因为母亲不小心而被热汤当头淋下的小朋友，有准备晚餐时不小心烫伤的家庭主妇，也有英勇冲入火场救人而烧伤的消防员。

然而大多数的病人都是劳动阶级，例如那位化学槽工人，结束紧急处理的学长偷偷告诉我他的悲惨身世。他出生于父母离异的单亲家庭，成年后没有工作的他好不容易存了钱娶了外籍配偶，但如诅咒般的，后来自己也离了婚；住院之后，留下两个智能不足的小孩在家里不知道由谁照顾。他先前才因银行账户被犯罪集团盗用而入狱了几个月，好不容易出狱后终于找到了工作，却又遇上储存槽大爆炸，那是他上班的第一个月。他的人生在入院以前似乎就被这个社会一次又一次地清创，面目全非，削得几乎一点也不剩了。

撇开剧情丰富得可写成小说的大人不提，那些因家庭意外住进来的小朋友可能是病房里最单纯、最无忧无虑的一群。几个四五岁的小鬼头常常在我们开医嘱、推着药车，甚至主治医师查房时，无预警地尖叫着冲过脚边，或是在病房内骑着小三轮车横冲直撞。

他们大概是病房里唯一真正快乐的。换药时的颤抖与哭叫如夏季雷雨过去，几分钟后又露出晴朗的天空；他们不安分地钻到计算机下方探险，或是跟着药车到下一个换药的同伴床前，以过来人的姿态帮另一个哭叫的小朋友加油打气。或许是某种心灵的保护机制，他们善于遗忘，忘记那些前一刻才撕开伤口上的敷料换药的护理师阿姨是多么狠心，擦干眼泪，过几分钟又笑嘻嘻地在她们脚边跟前跟后。

妈妈喂完午饭之后，捣蛋鬼终于满足地睡着了。他的睡脸除了疤痕以外，与其他五岁小孩没什么不同，那些疼痛似乎从来不曾在他心里留下伤口。他们在这里忘记过去的容貌，忘记疼痛；在这里没有镜子，也没有或怜悯或恐惧的眼光，在烧烫伤加护病房，至少是绝对干净的，适于愈合。

离开住加护病房的急性期之后，最艰苦的战役才真正展开。

皮肤是人体最大的器官，一层薄薄的皮肤是坚守体表的第一道防线；广告总是鼓吹我们花大笔的金钱，将它们变得白净平整，但其真正功用远大于我们目光所能看得到的一切。显微镜底下观察，它是藏在粗厚外表下微型的热带雨林：高大的汗毛乔木林立，其下栖息着敏感羞怯如蕨类的神经末梢受器，偶有曲折的汗腺生长其中，汗水如午后的阵雨，潮湿土壤的腥气弥漫林间，隐藏于其中的，是专属于赤道的热情。

但雨林被火焚尽之后，取而代之的是丑恶如水泥般的胶原纤维铺天盖地，填满了原本各种皮肤附属组织所茂盛生长的、郁郁葱葱的地盘。那些人体制造出的水泥丛林谓之疤痕，是皮肤地景上难以磨灭的痕迹。它仅仅覆盖了其下脆弱的组织以防风吹雨打，却失去了正常皮肤该有的生命力，无法呼吸，无法排汗，全然地面无表情。

而疤痕最是缠人。它如蟒蛇般紧紧缠绕于身上，随着时日逐渐紧缩，泛着妖异的鳞片反光。它缠住关节，便挛缩；缠住胸口，使肺叶无处扩张。压力衣是与疤痕长期抗战的武器。门诊常有穿着压力衣的病人回诊，像忍者的装束，只露出眼耳口鼻的洞，其他的皆隐藏在肤色的紧身衣底下。我常想着那些裹在厚厚压力衣之下，却格外脆弱的灵魂，是不是正在从仅有的几个洞里，羞怯地窥探着外面呢？外面世界里小小的棱角，一个不经意的眼神碎片，会就此不小心伤害到他们吗？

疤痕如藤，沿着时光慢慢生长爬行。回诊的病人里，有新的疤痕，也有老的疤痕；新的疤痕犹坚硬红胀，老的疤痕经过无数拉扯，已浮贴肌表，淡得几乎与一般皮肤无异了。诊间前候诊的病人，目光偷偷扫过彼此的疤痕，你瞧瞧我，我瞧瞧你，疤痕如隐藏信息的条形码：新疤痕是记忆中仍然鲜明的痛苦烙印，老疤痕则是可见的未来，时间过去，一切云淡风轻。

之后我离开烧烫伤中心，转往楼上的整形外科病房受训，偶尔会有烧烫伤的病人回来住院做整形手术，将挛缩的疤痕拉开。点开电子病历，出现的是一长串“辉煌”的战果。例如，那个长头发的女孩子已经做过八次手术整形，另一位瘦小中学生则是十四次；那些纠结生长的疤痕，张牙舞爪栖息在皮肤上，也攀爬在生命中，伴随他们成长。他们似乎都已经认识很久了，不知道是在加护病房一起日夜胡闹过，抑或是曾在诊间前的椅子上交换彼此的疤痕与故事：那些疤痕是确认彼此身份的钥匙，如地下行会的秘密入口，唯独有此文身的人才能获得认可，进入这个与外界隔着一堵高墙的世界里。

我亲眼看过一个小女生，亮出自己手臂上的烧伤疤痕给另一个新来的小男生看。那似乎是一种盟誓，“你看，我们是同一国的”；以及一种安慰、一种保证，“别害怕，这些疤痕不会痛，之后一切都会好好的。”

过两天就要结束整形外科的轮训了，对身为实习医师的我而言，来时是如此轻易，离开也如此从容；但是他们是走不开的。每隔几个月，就要重新接受一次手术，在肌肤上雕刻，剔除过度生长的纤维组织，让疤痕变小；但无论再多的手术，那些永久的疤痕犹如那段灼烧过的记忆，变淡了，却永远不可能消失。

我离开后不久，就发生了一桩大新闻；严重烧伤的女歌手在记者团团包围下送进我们的加护病房。那之后约有两周的时间，藏在医学大楼角落的烧烫伤中心门口日夜守候着摄影器材的丛林，那些目露凶光的摄影机，馋样毕露地猎食着每个从加护病房里走出来的人。因为事件闹得实在太大，院方下令封锁一切消息。我偶然间辗转听说因避免访客时间太多人干扰，女歌手在病情稳定后，被移到烧烫伤中心后方的小病房。

那间病房我有印象，是独立于其他病房的小房间，位于整个烧烫伤中心的深处，如一座遗世独立的岛屿；与其他病房不同的是，那间小病房里有唯一一扇窗户，虽然不能打开，阳光却常常充满整座孤岛。

于是我想象，在那些永无止境的漫长午后，她应该也忍受着每天换药时无限轮回的疼痛，日复一日吃力做着复健；纱布底下的细胞努力成长，发出耳朵听不见的细碎声音，像风吹过满地落叶翻滚，新生微痒的嫩皮渐渐填满伤口。

或许她偶尔会抬起头，像那些曾经住过这张床的病人一样，目光越过冷硬的墙壁上唯一一扇窗户，看出去，窗外依稀有树的影子，时序开始进入秋天。那些疤痕啊疼痛啊所筑成的高墙终究会被打穿，阳光从洞里照进来，云朵淡淡飘过，露出晴朗的天空。

眼底的风景

我拿起眼底镜，调整其上的转盘，小小视窗里的瞳孔逐渐清晰。乌黑的瞳仁，里头藏着灵魂，在灯光下不安分地跳动闪躲，像烛火。

焦距对准，首先会看到水晶体微微反光，如巫师的水晶球：一些水晶体模糊了，那多是上了年纪的老人，有着轻微白内障的迹象，泛着雾气的水晶球，仿佛婉拒了他人的任意窥探。

若眼底镜的光线能穿过瞳孔，穿过水晶体，就能在小视窗中看见大半个眼底，泛黄而静谧，是光最终栖息的底片。只要一把小小的眼底镜，就能恣意窥视眼底的神秘：那里有细小的微血管末梢，有经验的医师可以一眼看出各种疾病的预兆。虽然关于眼底血管病变的问题在这个医学昌明的时代，都被直接转介给眼科去了，然而一些老派的医师还是反复强调，眼底检查是必要的标准理学检查项目之一。

我是几近崇拜地仰慕那支十九世纪中叶就发明的仪器，运用简单的镜片与光学原理，让人类目光第一次看进活体的眼底。我喜欢拿着眼底镜，想象着自己是旧时的医师，皮箱里装着各种诊断器材，夜里骑着脚踏车在乡间出诊。在遥远的年代里，没有核磁共振也没有计算机断层，医学就是敲敲叩叩，运用一些设计简单的仪器做出诊断。那时抗生素还没发明，医学如清晨云雾锁住安静的森林，还带有巫医的血统，草木的香气。手握眼底镜，像那是远古时期传下来的法器，有着厚实的触感，残留着神的手温：仿佛会使用眼底镜，就能回到那医学的美好旧时光。

为此，我特地买了一支二手眼底镜（即使以后根本没打算走眼科），并选择眼科病房作为实习单位。

那些因视力问题而住院的新病人，我都尽量做了眼底检查。健康人的眼底，视神经盘明亮如满月，围绕一圈光晕，几根枯枝横过夜空，那是眼底的血管，像一个干净晴朗的夜晚。

有些夜晚出现乌云，那或许是糖尿病造成的出血病变；甚至大片云层席卷而来，里头风雷隐隐，则必须考虑视网膜剥离的可能性。青光眼、血管炎，甚至连颅内压力升高，都有各自的隐喻：

在有经验的医师眼中，水晶球背后每一丝天光云影，仔细捕捉，都可以占卜疾病的未来吉凶。

我遇过一个年轻病人，急性双侧视网膜剥离，他的视网膜在眼底镜下开了大蓬大蓬的暗色的花。他的病史究竟是如何，我已经忘记了，只记得他下床的时候，那是一种在黑暗中缓慢前进的姿态，尽可能延展自己的感官，像冬夜下床赤着脚摸索拖鞋的样子。他的眼球完好，却没有视觉，空洞的眼神似乎没有什么东西能够填满；但他的眼睛仍然张开向着前方，坚定地看着，仿佛一直往前走，就将会穿过隧道，有光在不远处等着他。

这礼拜我跟门诊的主治医师是眼整形科的专家，门诊络绎不绝是来处理眼皮或眼袋的病患，每个礼拜两天开刀日，都各排了快十台刀。虽然大多与视力无关，缝缝补补却也雕刻着灵魂之窗的风景。眼科手术与印象中外科开刀的大开大阖不同，那是一种精细的女红：几乎不见血，只有稍微切开皮肤，吊上丝线，睁开眼，深刻的双眼皮便已成形。由于眼科手术几乎都不用全身麻醉，她在吊好线后，总会拿一面镜子过来，叫病人眼睛眨一眨，看看镜中的自己满不满意。若是有意见，就再修，再调，再递上镜子，眨一眨。

但是依然有人不满意。例如一位年轻长发美女，辗转做过多次眼部整形手术之后仍觉得有瑕疵，认为手术将她的右眼眼皮多上提了零点三厘米；她言之凿凿，说着从此众人视她为丑怪不愿接近，每次看到镜中自己就痛哭一次云云。

主治医师特别在门诊结束之后留了一个小时跟她长谈，她仍然坚持是主治医师医疗疏失，要索赔精神损失等总计五百万元。她略带哭腔苦苦哀求，仿佛手术后生命从此失去意义，坠入悲惨的深渊；高壮的男朋友在旁一搭一唱，话中透露着自己不但有黑道背景，人面广阔，还认识大报记者等，让主治医师三思。

后来这场会谈没有什么结论，不欢而散。他们走得很匆忙，甩上了门，还听得到高跟鞋扣扣扣扣远去的声音。从诊间窗外看出去，此时盛夏的台北街头，蓬勃生长的树叶在阳光中摇曳，豆大的光点如雨一批一批洒在柏油路上；整城光影的嘉年华会，他们走得太急，恐怕是没有瞧见了。

整形外科的两个世界

有人说，整形外科分两种："丑的整形外科，美的整形外科；累的整形外科，轻松的整形外科；救人的整形外科，赚钱的整形外科。"外界对整形外科的印象大多来自那些常上电视通告、总是被一堆女明星簇拥着的整形外科型男医师：帅，高大多金，嬉皮笑脸地在谈话性节目上夸耀着美国进口的神奇电波仪器，或是韩国刚发明的整形手术之类。

然而，有另一种型态的整形外科医师通常比较默默无闻，他们作为外伤整形外科，每隔三五天就要有一天彻夜开十来个小时的刀，枯坐在显微镜前，用比头发还细的线一针一针接急诊病人断指处笔芯粗细的神经血管；或同样十来个小时，显微外科医师化身为人体的陶艺家，将从大腿取下的皮瓣修补成口腔癌患者新的脸颊。

那些充斥在东区、影剧版、八卦杂志上，修补外观细微缺陷、光鲜亮丽的医疗当然有其必要性；但是整形外科不为人知的另一面，需要用到显微手术接神经血管的，却大多是来自社会底层，以高危险工作糊口的劳工兄弟。因此，名媛与劳工，构成了整形外科病人的两个极端。

整形外科的病房，往往隔了几张床就是天壤之别的命运。例如，今天晚上，一位妈妈就不断地走出病房抱怨诸如：为什么不是一张床一张电视，点滴架居然要用借的，等等。这次她又来到护理站，坚持一定要有人去看看她明天要手术的女儿，那个小病人，解了几粒羊大便。

一个病人刚从开刀房推回来，护理师们都过去帮忙，我只好放下开到一半的医嘱，陪着她到了厕所：肇事者正打扮得像个小公主，一脸无辜泪眼汪汪地站在马桶旁边，妈妈在一旁焦急地说她好几天没排便了。我对着沉在马桶底部那几颗可怜兮兮的便秘端详许久，最后作出结论：“可能是不习惯医院的厕所吧，很多人住院都会有这样的问题；而且小朋友不多吃蔬菜、多喝水的话，便秘情况也蛮多的。如果真的解不出来，要不要塞一颗软便剂？”那妈妈几乎跳了起来，一副我们打算对她的宝贝女儿做什么恐怖人体实验的表情，连忙说不用了。

最后的妥协就是，同意先不塞屁股，吃软便剂跟多喝水、多运动看看。妈妈抓住机会对我兴师问罪说我们的护理师态度很差，我吓了一跳，问仔细之后才知道，她是在抱怨护理师不能洞烛先机地帮她把空了的点滴袋换掉，并接着说某某医院服务多好、设备多棒（有单人液晶电视），护理师都会过来主动嘘寒问暖云云。

我一边听着她的抱怨，心思飘回到几个病房之外，那个刚开完刀推回来的新病人身上：一个浑身脏污、怯生生的男生，半工半读地在工厂当学徒贴补家用。或许是一个瞌睡、一个操作失误或其他我所不知道的原因，他被高速运转中的机械当场削去半个手掌。大男孩刚从手术房出来，我看他接上去的手掌，泛着冷冷的死白，血液灌流状况可能是凶多吉少了。整只手掌功能最重要的大拇指也被切掉，之后或许要进行好几个步骤的重建手术，才可能有机会把脚趾移植成手指，但这也是一条无比艰难的路。

而那个大男孩今年才十七岁，刚工作不满一个月。

上 将

那纯粹是另一种玫瑰
自火焰中诞生
在乔麦田里他们遇见最大的会战
而他的一条腿诀别于一九四三年
他曾经听到过历史和笑
什么是不朽呢
咳嗽药刮脸刀上月房租如此等等
而在妻的缝纫机的零星战斗下
他觉得唯一能俘虏他的
便是太阳

——痖弦《上校》

我正打印着病历，一位护理师走过来通知我，“Intern（实习）医师，10 C的病人又自己拔鼻胃管了，等下你去帮他重放喔。”我正忙着，头也不抬地答应了。她继续走过来，在我面前放了一张纸，说:“这是白班实习医师要转交给你的，你放鼻胃管之前先看一下。”

纸上标题是：帮10C五星上将放鼻胃管前必看。我停止打到一半的病历，开始饶有趣味地研究那张纸。

那床病人是一位已经八十几岁的退伍军人阿公，因糖尿病截肢过，现在放着鼻胃管灌食。白班照顾他的实习医师写说，他虽然很老了，且有中风，但是只要有人想要帮他放鼻胃管，必定极力反抗，而且力量还不小。唯一接近他的方法是进门先立正敬礼，大声喊说:“将军好！”等他满意之后，跟他一阵往事闲聊放松戒心；之后再攻其不备，众人一哄而上捉住他的手脚，在混乱中把鼻胃管放进去。

他的家人跟我们说，上将是那种老派的军人，个性很固执，坚持不要的绝对会坚持到底；但是拜托我们为了他好，鼻胃管该放的还是要放。

放鼻胃管是最基础的几项医疗处置之一，只要无法进食或吞咽困难的病人都必须放鼻胃管。一条软软的管子，从鼻孔伸入胃袋，靠的是放置者一股巧劲，以及病人必须配合努力地吞、吞，打开闭锁的咽部，让管子顺着吞咽的肌肉动作滑进胃里。因此，遇到昏迷无法配合的病人，放鼻胃管的难度倍增；而那种抵死抗拒鼻胃管入侵的，则更是所有实习医师的噩梦了。

于是我在所有事情做完之后，特地把所有该用的手套、润滑凝胶、胶带等全放进医师袍的口袋里，再找了一位护理师助阵，才如临大敌地进去那间病房。

10 C 床位在病房的深处，我一进门就看到上将躺在白色的病床上。他薄薄的棉被底下的身形很瘦很小，原本左腿的地方空空荡荡。

他还没睡，眼睛睁得大大的，戒备地看着我们走到床前。我跟他行了个举手礼说："将军好！"他态度软化了一些，从棉被里伸出一只手来回礼，"好、好……"真的像一个站在阅兵台上的将军。

没有人知道他是不是真的上将；接近九十岁的他，时间在脸上开凿出战壕与铁丝网，虽然被疾病夺去了一只脚，坐在病床上，依然有种坐镇指挥部的威严，看着年纪只够当他孙子、孙女的医护人员前来请安。

“将军您好，您是哪个军团的将军啊？”我一边瞎扯拖延时间，一边把鼻胃管的封套拆开。

“我跟日本人打啊……那时候多风光啊，我手下有一整个军团，他们都叫我将军，听我指挥。”听他在讲，眼神看着远方，好像又回到那个英姿焕发的年纪，司令台底下一排一排军人整齐地行举手礼，前方还有很多地方明天等待攻占，仿佛日本鬼子不再可怕了。

“是是是……那将军您打仗的时候要怎么做好补给？”趁他陷入回忆的时候，护理师在旁把他的手绑上约束带，而我套好手套，管子的尖端挤上润滑胶。

“等等，你们想要干吗？”他开始察觉状况不对，使劲挥着手臂，但绑死在床栏上的约束带纹风不动。

“将军，我们要帮您建立后方补给线，不然您没办法吃东西这样会打败仗的。”一边说着，一边把鼻胃管凑到他面前。

“不！！！”他奋力地把头往后仰，几乎要掉出病床外了，整个身体不断扭动，像俘虏拼死抵抗着敌方特务的刑囚。“你们竟然敢对将军不敬，我是将军！我要把你们全部抓起来，砍你们头！”我奋力地压在那如台风天海面上下翻滚的身体上，拿着鼻胃管，追踪着鼻孔的去向。他仅剩的那只脚在空中狂踹，隔壁床的病人唰地一下把床帘拉上。

终于，护理师绕到后方固定住上将的头，而我从正面逼近。管子塞进鼻孔那瞬间，我看到上将因极力抗拒而皱起来的脸上流下了两行眼泪，那些皱纹又变得更深刻了。有些敏感的病人会这样的，因为刺激了鼻腔黏膜的缘故。然而我不知道上将除了黏膜的刺激以外，是否还有不甘心、屈辱，以及对时间流逝无言的抗议？

鼻胃管顺利放入，我把管子用胶带固定在上将鼻子上，小心避开他愤恨的眼神，仿佛军刀。我有预感，他之后一定会用尽一切办法，把那根侵略者的部队驱逐出境的。

果不其然，午夜的时候，护理站通知我上将又挣脱了约束带，把鼻胃管拔掉了。因此我必须隔天清晨在早餐时间以前，把鼻胃管再放回去。

清晨五点半，我又一次来到上将的床前，上将警觉地醒了，这次没有护理师陪着我，只剩我跟他在昏暗的病房里面对峙着。我手里拿着鼻胃管，柔声跟他说：“上将，对不起，我知道你很不舒服，不过我还是必须帮你放鼻胃管，不然你没办法吃东西。要是再把它拔出来，又要重放一次，这样你会更不舒服的。”或许是经过昨天晚上的折腾，又或许真的听懂了，他变得沉默，一动也不动，把那根伸进鼻腔里的鼻胃管一口一口吞了进去。

他打过许多场胜仗，但面对时间的大军压境，是一点办法也没有的，一条腿从战场上走了回来，但在手术台上离他而去。他被俘虏进日益残破的身体，属于他的领地逐渐失守，但旺盛的斗志却依然固守着最后的疆土，不准他人入侵。

值班结束后，我换回便服，再次去上将的病房探望。此时上将已经灌完早餐，安静地睡着了，鼻胃管安稳地挂在耳朵旁边；他历经各种战斗之后的身体缩得小小的，裹在棉被里。

今天是周六，值班结束就是连续两天的假期了；早晨八点，周末的阳光洒进来，太阳的热度全被隔离在玻璃之外，留下来的只剩亮光。已经没有战争了，病房里一片和平景象。

阿靖的病房午后

神经内科第一天查房的时候，我就注意到了他。平头理得整整齐齐，神情安详，像只是在午睡。其他神经内科常见的中风病人大多已经七老八十，或因卧床数年而骨瘦如柴；跟他们比起来，他显得年轻，有着光滑皮肤与饱满的面颊，好像偶尔一些因为急性脑膜炎住进来的年轻病人，过几天就能康复出院一样。

查完房之后，首先是点开计算机研究一下每个病人的病历，熟悉他们的状况；那些陌生的名字并排躺在计算机荧幕上，没有脸孔与个性，只能用挂在后面的各种诊断猜想他们的命运。但是其中一个名字点下去之后计算机死机了。

那是阿靖。因为他有十年份，每天每天忠实记录着的病历，那些纯文字档累积成读取时会让计算机死机好一阵子的庞大数据库。浏览那些记录，可以看到每年年轻医师们来来去去的痕迹；

有些在医院已经颇有名望的主治医师，在这时光胶囊般的数据库里，还是以住院医师的身份留下照顾过他的记录。

主治医师说，阿靖的遭遇是一桩可怕的医疗悲剧。十年前一个麻醉的意外，让原本无伤大雅的小手术，变成病历上那触目惊心的诊断。缺氧性脑病变。

植物人。

病房里的医护人员对他已经很熟悉了。年轻的护理师们称他为“靖哥哥”，偶尔在讨论室午餐的时候，会开他一些无伤大雅的玩笑。但是她们基本上对这位长期住客是有着一份特殊的责任，甚至感情的。因为他只会听，不会说，更不会像其他病人有时候对护理人员大呼小叫。只是偶尔抽痰的时候会激烈咳嗽，咳到全身弓起颤抖、满脸通红，然后又恢复原本安详的沉睡。

阿靖身上没有任何褥疮，也没有营养不良的征象。那是因为十年来照顾过他的护理人员每个小时帮他翻身、每天洗澡与灌食的功劳。晚上替他在床上擦澡的时候，可以听到那个黑黑的病房里，护理师对着他自言自语：“阿靖，你今天心情不好哟，怎么一直放屁？”“阿靖，你的皮肤怎么会比我好？而且你肚子又变大喽。”

住院医师说，他因为长期卧床，在一开始的几年里不断地反复感染。那时候没有人认为他能撑得过去。但是他终究是活下来了，仿佛与医院里众多的抗药性细菌种达成某种和平协议，奇迹般地将身体愈养愈胖。

据说他的妻子是来过的，但是我从来没有遇见过她。护理师们说，她总是像影子般在傍晚病房最忙碌的时候，轻轻走过人来人往的护理站，站在他床前凝视片刻（她那正值壮年，却因为一桩意外而只剩一具麻布袋般瘫软肉身的丈夫啊），然后在没有人发觉的情况下又静静地离开。

一批又一批的护理师离职，新来的护理师学着帮他擦澡、翻身，跟他说着不同的悄悄话。

一批又一批的年轻医师轮训来此，处理完他的感染或便秘问题，在病历上留下记载，然后又转任别处。

午后阳光从病房的窗户照了进来，落在阿靖的床前，许久许久都不曾改变角度。阿靖鼻息沉沉，外界发生的一切事都与他无关。其他的病患与医护人员来来去去，阿靖继续睡着，肉身仿佛岁月的容器，装载了病房里的日夜轮替；他的病房成为这个医院里，时间唯一静止的角落。

拍 痰

来咳！用力咳！

接着是一连串急促的拍背声。砰砰砰砰，砰砰砰砰。只开床头小灯的病房内传出规律而响亮的鼓点，在左肺拍完之后节奏稍歇，中间插入一小段翻身时布料摩擦床单的即兴演奏，然后鼓声赶上两步，重新抢回主旋律。

砰砰砰砰，咳咳，砰砰砰砰，咳——咳咳。拍痰声与偶尔虚弱的咳嗽此起彼落，这是病房内常见的音乐会，像是部落祈神时的舞蹈，在火堆旁击打胸膛，最原始的肢体碰撞，希望透过灵魂与肉体的撞击，能够逼出体内带来厄运与灾祸的鬼神。那些隐晦黏稠、散发着恶臭的痰。

拍痰是长期照护卧床病人的重点之一。死水般的分泌物蜗居在幽暗的细支气管内，日日夜夜蔓结蛛网，在病人的胸腔中形成聚落，张牙舞爪地伸出触手往外扩展。堆积的痰液又常是细菌的温床，日久如滋生蚊虫的池水，在 X 光片星空般的底色下爆出片片斑斓的肺炎之花。

拍痰原来多是看照的家属轮班完成的，而许多人与其被打乱整个家族的生活步调，宁可找医师开张证明请个外籍看护代劳。也因此在医院日日查房，可以看到除了病情进程之外的人情进展；从一开始挤满张扬的水果花篮与嘘寒问暖（但根本只有婚丧喜庆才会见面）的远房亲戚，几个礼拜后只剩媳妇、女儿相陪，到最后连家属都很少出现了，留了一个外籍看护。

每一个病弱的老人，几乎身旁都有一位黝黑的外籍看护。大眼、微胖，略卷的黑发。我总是无法区分她们到底来自菲律宾、印度尼西亚，还是其他东南亚地区，只知道她们大多羞怯而细心，总是把身形藏在阴影里，仿佛她们只是病房中一抹淡淡的异国香水，没有实质地位。而早起查房时会遇到的人却总是她们。主治医师拉开帘子，让一声爽朗的早安与晨间淡淡的阳光一股脑倒进病榻上，会问正睡眼惺忪从一旁陪客椅上挣扎着爬起来的她们说：阿公昨天吃得怎么样啊？有没有带他们出去走走？

除此之外她们很少说话，一部分是因为中文还不太好，另外也是因为她们总被定位为家属与医师之间，像录音机或接线生之类，常被人忽视的存在。医师要解释病情的时候，她会慌乱地打开她在附近夜市买的仿名牌小提包，拿出贴了水钻贴纸的廉价手机，很小声地用不流畅的中文打给她的老板，然后将手机交给医师。

在某些晴朗的黄昏，医院外的湖边常常聚集着还能坐轮椅出来的老人。在这治疗都已结束，却还不必急着回病房的时刻，常常可以看到湖畔一排排坐在轮椅上晒太阳、面无表情的病人，像是晴天时从橱柜深处拖出来晾晒的冬天的厚棉被，散发着霉味与湿气；他们身后母亲般的外籍看护则把握一天中难得的悠闲时光，与同乡用流畅的母语谈笑，完全不似在病房时的那种紧张羞怯。

偶尔下班时经过湖边，黄昏金黄色的静谧时光，老人们吊着点滴，或插鼻胃管，或做气切，在湖畔的微风里仿佛一排阳台上安静晒太阳的盆栽。他们的看护就站在身后聊天，阳光斜斜打在她们脸上，深邃的五官映出坚毅的影子，而她们脸上线条和缓，这是一天之中，难得不用拍痰、灌食或更换尿布的悠闲时光。

她们喉中也卡着痰。她们远渡异国，含着那块浓痰，口音混浊地学习陌生的语言，手忙脚乱地做着医师与家属之间的桥梁；

每天在医院里替另一个痰声隆隆的老人拍背，过着呼吸少少新鲜空气的生活。

却没有人想要帮她们化痰。

在这间医学知识建构出来的无比繁复的医院里，病床旁边的医师与家属来去匆匆，留下床上的病人与他们的外籍看护，默默地在剩余的缓慢时光中拍痰。比起医护人员，只会拍痰的她们懂得最少，却也懂得最多。

安慰剂效应

所谓安慰剂（placebo），其实只是由一般无疗效的淀粉、生理食盐水，或是其他以假乱真的东西伪装而成的药剂，目的就是让病人以为他吃下去或打进血管里的，是真的有效的药物。即使如此，安慰剂搞不好是临床研究里最重要的一种药物了。几乎所有的医学研究，最终的目的就是要证实我们的治疗其实比什么都不做的安慰剂好得多。

而安慰剂效应，就是那些使用了安慰剂的病人，竟真的好转了起来。对于这种现象，有人说是神迹，有人说是心理与生理的交互作用。已经有许多研究在探讨安慰剂效应；或许是所谓心诚则灵，安慰剂已经被证实的确对于某些主观症状（如疼痛等）有临床上的效果，甚至假手术与真手术有着同样程度的术后改善。这些结果无疑狠狠赏了现代医学一巴掌。原来我们平日自吹自捧，那些挂满勋章般堆砌着研究数据与统计意义的药丸子，有时候竟然与淀粉或食盐水差不多吗！真是令人泄气。

一般外科常有久住的老病人，大多因为胰脏或胆道系统发炎而长期滞留在医院。今天值班才刚开始，就遇到有病人喊痛要打止痛针。去看了看他，被病痛折磨得只剩皮包骨的中年男子，一脸哀哀切切，看起来真是痛得厉害。确定生命征象稳定及排除腹部急症之后，他皱着眉头要求我再打上一次的那种止痛针，很有效!

上次那种止痛针？我回到护理站翻了一下昨天值班的病历，值班医师只打了一针维他命 C；再往前翻，前天也是，大前天也是……护理师看到我杵在当地，忍不住插了嘴说："这个病人哦，你开一支安慰剂给他就好啦。"

我半信半疑地照开了一支维他命 C 回来，过了半个小时，再去看看病人的状况。

"好很多了！你们的药很有效，谢谢！"看他整个人幸福地躺在床上，像被上帝之手触碰过，一切病痛都已净化消失。

我想这个病人大概一直都不会知道他在住院过程中，其实打了很多支的维他命 C 吧；或许他将来还会逢人便说那种一打下去，什么症状都解决的神奇针剂。然而这样算欺骗吗？或许是；但是在面对真的止痛针长期使用可能会引起后续的副作用，甚至久用成瘾等问题时，我宁可病人用维他命 C 就能解决症状。

值班时遇到的许多无伤大雅的小病痛，里头到底有多少其实是安慰剂帮我们解决的呢？不知有多少时候，说不定病人需要的只是有个穿着白袍的人来到病床前，为他听诊、摸摸肚子，然后确定地说一声："啊没问题啦，休息一下就会好。"

我想，身上的这件白袍或许是最强的安慰剂了。穿起白袍，整个由现代实证科学所架构出来的医学巨人庞然站在我背后，看起来既全知又无所不能。然而我心里知道，在面对生命死灭的自然法则时，我们是既贫乏又幼稚的。常常在面对着未知的疾病与黑暗，所能用的治疗都已经弹尽援绝的时候，我宁可转过身来，求助于这种冥冥之中的心灵力量。至少，至少提供最后一点安慰剂效应。

婚 礼

我背着背包来到值班楼层，却发现整个护理站忙进忙出，有人在平常开会用的长桌上架设投影机，有人在墙壁上用双面胶贴上纸彩带（那种小学时用来布置生日会场的便宜货）。现在刚好是下午五点多，白班差不多忙完准备下班，小夜班的护理师与值班医师还没有很多事要做的时刻，因此人力充足，连其他楼层刚下班的医科学生们都跑下来凑热闹。

“今天发生了什么事啊，怎么这么多人？”好不容易逮到了一个当科的实习医师，我赶紧发问。

“听说有病人的家属要结婚了，她们在帮忙布置。”

“结婚？怎么会有人要在医院结婚啊？”

“不知道，我也是听别人说的。或许有什么特殊的理由吧。”

“借过借过，蛋糕要来了！”医院楼下面包店的店员推着一个大蛋糕进入到讨论室，我赶紧闪边，让出门口给那个平常用来推厚重病历的推车通过。护理长提了一袋拉炮在人群中穿梭，不管是医科学生或护理师，每个人手上都发到了一个；如同真正的婚礼会场那样，投影机放出新人交往过程的温馨照片回顾，蛋糕摆在桌上，灯光也暗了下来。

人愈来愈多，只是迟迟不见新郎、新娘的影子。

外面又一阵骚动，人潮纷纷往外撤出。护理师推着一张病床过来，床上躺了一个吊点滴、戴着氧气面罩的老人。我看到那老人的第一印象，像是博物馆里的木乃伊一样，有着葡萄干般的皱脸，与棉被底下缩得很小的身躯。病房用的电动床艰难地转弯，挤进原本就不大的讨论室，里面几乎没有其他空间了；这样的病床应该推去做计算机断层或什么其他的检查，而不常被推进讨论室的。

忽然最外围响起了掌声，新郎牵着白色婚纱的新娘，拨开人群走了进来。病房主任与科主任都到了，一位胖胖的主治医师充当证婚人，护理长做司仪，此时有人用笔记本电脑接上音响，放起了结婚进行曲。

虽然新郎、新娘都穿着正式的礼服，但场面还是说不出的怪。不只是因为讨论室太小又太挤了，而且这场婚礼的来宾都穿着工作用的白衣，脖子上挂着听诊器；洗手台旁突兀地放置了碘酒洗手器，投影布幕后方的白板上，还写着今天晨会的教学内容。

旁边一位护理师小声告诉我，那个躺在病床上的老人是肿瘤科的病人，已经到末期了，最大的愿望是看到女儿出嫁；但是身体状况又不适合离开医院，主治医师提议说，干脆我们在病房自己举办婚礼好了。

负责证婚的主治医师是一个平常严肃的中年人，此刻还是穿着白长袍，好像才刚结束门诊匆忙赶过来，拿起麦克风看着小抄念：“你愿意娶她为妻吗？今生今世不管任何时候，都愿意爱她、照顾她？”他结结巴巴，像被拱上台的小学生，脸上挤出的微笑有些别扭；或许肿瘤科主治医师口中宣布的，绝大多数都是坏消息，不太习惯这个喜气洋洋的场合，担任给人祝福的职位。

新郎小声但坚定地说：“是的，我愿意！”全场欢声雷动。新郎从口袋里拿出结婚戒指，套在新娘的无名指上。

拉炮声在讨论室里响起。忽略其他不合时宜的摆设，黑暗的背景中弥漫着白色烟雾，幸福的彩带纷飞，新郎在众人的起哄中浅浅地吻了新娘，的确像极了在礼堂举办的真正婚礼。我偷偷观察那个因为戴着氧气罩而全程一言未发的老人，似乎在这个时候眼睛里闪过一丝特殊的光芒，那或许是安心、高兴，又更多是不舍的神情，像黑夜完全笼罩大地之前最后的魔幻晚霞，那种将云朵与天空渲染成橘色的短暂光瀑，一闪即逝。

产　房

时隔半年，又回到这家滨海的医院。这次我提着行李，站在产房的门前；刷过识别证，自动门嗡的一声开了，里头冷冷清清，此时的产房连一个待产的孕妇都没有。产房就是这样，在这种“生意清淡”的区域医院里，一切都有如俄罗斯轮盘：假如运气好，今晚没病人，那就可以享受一个好眠的平安夜；但也有可能一晚进了三个产妇，这时毫无意外就要通宵工作了。

而今天肯定算是运气比较差的。日头刚落，产房就“生意兴隆”，一口气进了两个孕妇，一个待产，一个安胎；依照产程进展的状况来看，待产的那位应该会在半夜生产。处理完病房的杂务，学长叫我假如睡得着就先去睡，毕竟接下来很需要体力度过这漫漫长夜。

才睡没两个小时，放在床头的手机铃声响起。原来祸不单行，底下急诊又上来了一个待产的孕妇；电子病历还没点开，看起来很年轻的孕妇就已躺在床上被推进来，后面跟着一脸慌乱的中年妈妈，手中大包小包提着仓促整理的行李，典型紧急住院的场景。

值班护理师安顿完病人，回到护理站小声地跟我说："怎么办？她还未成年欸，要找谁签同意书？"

我吓了一跳，仔细看完病历，虽然病人看起来的确很年轻，但是怎么也没想到她才十七岁。或许是挺着三十八周的大肚子，无论多么花样年华的少女，整个人看起来就是一位辛苦的母亲；再高贵的女神，此刻也只能贬为狼狈的凡人。

我回头问护理师，"她不能签同意书，那她妈妈应该可以签吧？"

"不行，那个不是她妈妈，是她男朋友的姑妈。而且楼下的柜台打电话上来说，她没有医保身份。"这简直是乡土连续剧的桥段。原来女生还在读高中，目前住在大她五六岁的男朋友家，男朋友正在赶来的路上，就由最近的亲戚先送医院，但是女方的家属却迟迟没有联络到。

午夜，在另一床孕妇顺利分娩之后，她的父母与男朋友才纷纷赶至；父母提着行李一脸焦急，男朋友还是个追风少年，拎着全罩式安全帽在旁愣愣站着，似乎想说些什么却插不上嘴。两家人在这种场合相见很尴尬，无法忽略彼此又不知该怎样开始对话，只好不断把话题在各种三姑六婆的生产经验上打转。

半夜四点多，她的产程终于临至分娩；我的工作是在主治医师出现之前，快步到产房的手术室内把所有的包布与器械准备好。此时产房内干干净净，只有手术灯照耀下房间正中央的产台，与如荷叶般盛开的绿色布单；孕妇随后就被推了进来，艰难万分地从推床移到产台上。

主治医师进来之前的那段空档，产房内只剩下孕妇艰难的呼吸，偶尔的呻吟与生命监测仪“滴、滴、滴”规律的声响交缠回荡，反而衬托出四周静得诡异，庄严的气氛等待着，凝聚着，几乎要滴出了水。孕妇此刻如古老部族里的大母神像图腾，坐镇整个神殿中央；而那些安静的器械，则犹如各种法器，在手术灯下闪着金属的光辉，仿佛在施以足够的法力之后，足以召唤神祇。

门推开，主治医师进来后迅速着装，进行最后一次检查；确认胎头位置，用针筒在皮下注入局部麻醉之后，拿起剪刀，一刀利落地剪开会阴。

刹那，鲜血迸出，想象中背景出现原住民咚咚咚的鼓声，原始的仪式开始。主治医师起落的手势如舞步，伴随着产妇狂乱的尖叫、一旁护理师依节奏交替下达着吸气与用力的指令，主治医师聚精会神地用手托住婴儿毛发稀少的头部，开始慢慢旋转。血继续流，滴到绿色的布单上，汇聚成一汪黑色的湿印；有些最早流出的血液已经开始凝固，变成暗红的胶状物悬吊其上。

课本告诉我们，胚胎与癌细胞有某种程度的相似性。两者均停留在尚未分化的混沌状态，快速增长的细胞伸出触手嵌入体内血肉，大口吸取养分。它们都能召唤正常的血管增生，并转型为容易供给养料的形态，也都会干扰免疫反应，让一个外来者得以躲过人体防卫系统的层层巡逻，在体内攻城略地，如入无人之境。

而它们或许都是自私的。癌细胞贪婪地占据了人体器官，最后造成宿主死亡；而呱呱坠地的胎儿则从此牵动着母亲每一根神经，在往后的生命中享受源源不绝的爱。

有人说生命的奥秘源于怀胎，破解怀孕的密码就能掌握生之神最强大的权柄，进而解开关于干细胞、癌症等棘手问题，获得与死神抗衡的力量。然而，怀孕过程至今仍是全世界最顶尖的科学家不得其解的一个谜；但不管谜底多么高深难测，人类早已一代一代地繁衍至今，并将继续接力繁衍下去。

主治医师一扭、一拉，新生儿双肩分别娩出，接下来整个身体伴随残余的羊水，滑进主治医师掌中；皱着一张脸的婴儿在吸去口中羊水后，恢复红润，发出洪亮的哭声。旁边护理师将他用布包好，抱给早已声嘶力竭的母亲看；她汗水犹黏发丝的脸上，一瞬间散发出温柔的光芒。狂暴的降灵仪式结束，前一刻还鲜血与羊水四溅的产房里一切静好。即使没有先知前来祝福，在每个圣母眼中，那刚从体内分离、仿佛刚刚发生的一切事不关己而正安心地呼呼大睡的小兽，似乎都是她们世界里的救世主。

少女浑身虚脱被推回观察区时，刚出生的宝宝包在粉色毛巾内，依在他母亲的枕边，两群家属不约而同焦急地围过去关心。此时那些家庭纠纷都留待以后再说了，这个平安夜是不适于有任何争吵的。

后面有人拍拍我的肩，是一起值班的学长，那双手不知承接了多少新生命的重量而如此厚实。“学弟，这样的生活在妇产科是常态啊！今天晚上辛苦了，走，请你吃早餐。”

安胎的病人吊着点滴熟睡着，远处的天空在不知不觉间已经大亮，又是新的一天。

过了几天，在婴儿室前的走廊上，看到一个穿着类似高中校服的女孩子。一瞬间我以为那是某个护理专业实习生，但是看到她衣服下仍穿着产科病人的连身裙，才知道那是我前几天接到的那位产妇。生产过后，宽大的衣服下又恢复了纤细的腰身，此刻她看起来跟那些同年龄的高中女生没什么两样。

她恢复得很快，趿着一双毛茸茸的可爱拖鞋在走廊上闲晃，大概是正要去探望她的小宝贝。我忽然有一种想脱下口罩、向她致敬的冲动：以十七岁的年纪坦然地拥抱了医学疼痛分级里最剧烈的痛，赤裸地承接了随之而来的另一个生命。

未来会怎么样呢？各种关于年轻妈妈的负面社会新闻，有点替她担心未完成的学业、经济状况，甚至之后新手妈妈如何同时照顾新生儿与她自己。不过结果应该会是好的吧！我默默祈望着。

毕竟，是在日出时刻出生的婴儿啊！

包心菜

小儿科的值班表内有一个诡异的排班，与平常顾病房处理病人问题的值班方式大不相同；这是所谓的打药班，负责整整两层楼六个区域的新生儿加护病房打针的工作，外加处理隔壁产房“生产线”上送过来的、源源不绝的新生儿病历。

许多实习医师对这种排班深恶痛绝，因为每到晚上六点、九点、十二点、隔天清晨六点需要打药的时候，都要如妈祖出巡一般绕着两层楼每个新生儿保温箱走过一圈，重复地做着“消毒、打针、推药”的动作；他们宁可在病房绞尽脑汁面对肠胃炎或肺炎之类的险恶疾病，也不想按着计时器做这些机器人舞蹈。

既然每个人都无法避免会排到这班，我则喜欢在抽药、打针的同时，偷偷观察那些裹在粉红色毛巾内的小宝贝。

通常趁六点第一轮打药开始之前，我会先把婴儿室里堆积如山的病历处理完。那些病历都有固定格式，诸如出生周数、体重、几项常见的疫苗等。可能性无限的人生被数字简单归类，一本一本病历犹如铁皮排着队，冰冷得像罐头加工厂。然而转过身，一位护理师正在把刚洗完澡的婴儿用毛巾包好，仿佛精心包装一束鲜花，周遭一下陷入粉红色的花团锦簇，风光旖旎。在这里可以感受到每层楼的护理单位都有不同个性：外科系做事明快利落，内科系处理问题则思虑缜密，而或许是每天与出生不到一周的小宝宝们相处，婴儿室内的护理师们总看起来甜蜜且温暖，还有种柔柔的母性光辉（即使在后面催着你做事时仿佛也带着笑意）。

我总趁她们帮婴儿洗澡时，顺便做简单的理学检查。刚从产房推出来的小宝贝身上还黏着干掉的羊水与血迹，护理师备好温水，用毛巾一掬一掬洗去那些污垢。这是小婴儿出生以后第一次接触到水的感觉与温度吧？她吓了一跳，四肢骤缩，又缓缓放松，纠结在一起的眉头逐渐舒展，似乎很享受这种温度与轻柔的触碰。不知她会不会回忆起那安静温暖的羊水呢？

他们大部分都尚未命名，病历系统上一律以“某某某之子”“某某某之女”来区分。虽然他们绝大多数的时间都在睡觉，但偶尔会忽然想到什么似的醒过来，伤心地哀哭个两声后又继续睡去。即使在睡梦中，精致的脸庞也会出现不同的表情，仿佛正经历着各种梦境。新生儿会做怎么样的梦呢？梦见羊水的温度、模糊的震动，或是上辈子的片段？他们又想到了什么而突然在脸上绽放一朵甜甜的笑意呢？或许我们曾经知道，但却早已忘记了吧。

楼上的新生儿加护病房又是另外一种风景。住在这里的大多是早产儿，或是出生后细菌感染的婴儿。我的工作很简单，就是帮他们在已建立好的静脉管道中，注入抗生素或其他药物。此时，药物缓缓推入静脉，闭着眼的他们会忽然抖动一下，不知是否感觉到什么不属于体内的东西入侵了呢？

那些二十几周、在保温箱里蜷曲四肢睡着的迷你娃娃，细小的骨架上还没长肉，不像婴儿室里那些养得白白胖胖的小宝宝那么可爱；闭着眼怯生生，第一印象让你联想到童年时曾养过的某些动物的幼雏（那些刚生下未满一天的小猫、小狗，浑身光溜溜的粉色皮肤，眼睛闭着窝在母亲身下吸奶）。他们毛发稀疏，眯眯眼，身上、脸上因皮下组织尚未充盈而挂满皱纹，仿佛刚出生就已历经风霜的小老头。

早产儿在新生儿加护病房一住都会住上很久，这里治疗比较像花园里园丁灌溉着树苗，运用各种人工喂养方式，总之非得花上数周，甚至数月，把子宫里该修完的课程补齐后才能离开，因此，加护病房的护理师与来探望的家属常常建立了比别科更深厚的感情；在小宝贝从加护病房期满“毕业”的时候，护理站都会为他们留下影像纪念，有些家长还会带礼物请大家同乐，仿佛一家人。这是别的病房所没有的、特别温馨的时刻。

然而，这里毕竟是加护病房，总会有难过的事发生。曾经看过那些论年纪还应该在子宫里的早产儿的急救，那是与一般我们印象中（或是电视、电影中常出现）的急救过程完全不同的场景。

整个过程很安静，没有呼喊哭叫，也没有医师跳到床上激烈地进行 CPR、电击，一切宛如所有的声音都被抽掉似的。值班住院医师站在保温箱一边，用两只大拇指轻轻地挤压早产儿的胸口，仅此力道，这是新生儿的心肺复苏术。他们生下来是无声的，要离开时也无声无息，轻轻的没什么重量，像是一粒尘埃飘落地上。

偶尔经过一些花哨的保温箱，上头吊挂了海豚、星星或是天使的吊饰；还有些宝宝的眼前立了一本彩绘的图画书，大大的眼睛好奇地睁着看。不知道他们看不看得懂？或许是担心的父母，想要让他们的宝贝早点接触外头与医学或疾病无关的、多姿多彩的世界——那些他们未来离开保温箱之后，即将进入的世界。时间快转，十年后，当他们自吵吵嚷嚷的学校门口坐上托管班交通车，恍惚看着窗外流动的灯火时，会不会记忆深处闪过一幕加护病房的情景，那些滴滴叫的不同频率的声音、那些眼前一片柔和的粉红色、那些每六或八小时感受一次丝丝冰凉入侵血管的打药时间？

一轮药物打完，已近凌晨一点，总算可以回去睡觉了；五个小时之后又要回到这里，继续着明天一模一样的打药。最后将用过的针筒与棉花棒丢进垃圾桶，自那些相似的保温箱之间抬起头，护理师们正三三两两在桌前小声交班，保温箱里的婴儿们安静地睡着。此刻觉得自己身处于一个巨大的农场，而我是刚巡视完菜园的农夫；每一个透明亚克力箱子里养着一个梦境，一个包在粉红色毛巾里的婴儿，身上连接着各种管线，点点滴滴灌溉着药物与养分。他们犹如包心菜般层层保护，豢养着无止境的爱与关心，在这个由管路与保温箱建构而成的农场中，缓慢而安静地成长着。

不存在的孩子

妇产科有一间特殊的开刀房。这间开刀房特别大，灯时常暗着，里头还有扇门，通往一个小型的实验室。这是不孕症科取卵专用的开刀房。不像妇癌科或产科那种大开大阖的手术，取卵过程几乎不见血，是用超音波在体外指引，以一支极细的针冷静探入腹腔中的卵巢，如用吸管吸珍珠奶茶一般把滤泡内成熟的卵子吸出，封入试管内，马上交给身后的实验室进行培养与保存。

一般来说，每次月经周期都有数十个滤泡同时接收到荷尔蒙的神秘讯息，从冰封般的静止状态开始成长，但最后大多只有一颗滤泡会真正成熟。在一种整窝雏鸟全力张嘴吱吱哀嚎讨饭吃的竞争中，除了那颗最大，而能竞争到最多荷尔蒙（而因此又长得更大）的滤泡能持续膨胀成巨无霸以外，其他同时加入这个比赛的滤泡，都必须退化、消失。

这一切就像大人世界里一切幽微较量的细胞版本了。卵子滤泡的成长过程活脱是那些女孩们在同一个课堂、同一间办公室里钩心斗角，互相传递八卦流言放冷箭，或是结成同盟但转身又将之毁弃的生存之舞，只为一种飘渺的被重视感，成为“一群同侪之中被选择的唯一一个”——如此说来，几亿只精子同时起跑，摇头摆尾向前冲刺的游泳障碍赛，就显得有点热血男性特有的鲁钝耿直了。

但是在不孕症的治疗中，为了增加成功率，所有退化的机制都被药物消除，每一颗醒来的卵子都能获得足量的荷尔蒙而成熟至足以受孕。仿佛高科技的温室农业（这样形容不由得让你联想到开心农场之类浇花施肥、肥壮作物在虚构的田里招摇的画面，但这是人工生殖技术中的精华核心，人类以科学之塔堆叠接近类神领域的顶峰），在超音波探头底下，可见数十个滤泡如珍珠般串在卵巢表面，黑色的背景中，像一个一个小行星。那些作为“人”的前身的细胞，带着不完全的染色体，孤伶伶漂浮在充满液体的空间内。那简直是被母舰放逐，漂浮在宇宙中漫无目的的太空梭，载满了燃料、氧气、食物，朝着未知的空间彼端这样安静地航行着。

那些原本应该萎缩、消失而不存在这个世界上的卵子滤泡，就这样在人工的调节下，逃脱自然法则中注定消失的命运，持续长大，被冷冻、储藏，于未来的某天在试管中受孕，植入母体子宫中。

这些理论上不会诞生的婴儿，借由人工生殖技术来到世界上，与其他遵照自然产生的孩子们一样，无差别地被爱着。他们会知道自己原本的命运是萎缩、消失在腹腔里，而没有机会被分娩出的吗？那些原本不应该存在的一切，漫长人生中所有应得的眼泪、笑、阳光与海浪，所有未来的命运，全都浓缩为一个看不见的卵子细胞，装在试管内；培养液轻轻摇晃，一艘单桅小船，装载着巨大无比的可能性，正准备出航。

野　餐

肌萎缩侧索硬化症（Amyotrophic lateral sclerosis，ALS），俗称渐冻人。

这种神经元逐一凋零、让身体各处肌肉纷纷罢工的险恶疾病，目前医学仍然无药可根治。患者可能会首先发现日常生活中某些动作无力执行，无力的范围日渐扩大，最后连呼吸都失去力量。此类病人最后的死因通常是呼吸衰竭，或无法咳痰所造成的肺炎。渐冻人的病程有长有短，长则罹病十数年还有办法敲着计算机上网，短则只要几个月就会进展到呼吸衰竭。

林太太，就是后者中的一个例子。

短短数个月间，林太太无力的范围从原本的一边手指，很快地蔓延到连呼吸肌群也相继沦陷，呈现轻微的呼吸衰竭症状。主治医师私底下跟我们说，这个病情发展快速的程度超乎他行医以来所见，预后非常不乐观，并且要求我们这些打杂的小医师尽可能不要跟病人解释病情。

因此，每天探视林太太就成为一桩拆炸弹般的苦差事。偶尔在我小心翼翼地帮她听诊，或是敲敲她肚子看看肠胃机能是不是好一点的时候，她会眼神呆滞地看着窗外，幽幽地说：“唉，为什么会这样……以前身体健健康康都不曾感冒，怎么一下子就得了这种病……”

这个问题比主治医师考我渐冻人的各种症状与诊断方法还难。我只好在她的肚皮上漫无目的地移动听诊器，假装正在仔细听她的肠音。

林太太与先生开小吃店白手起家，生病以前想必是个健谈且受人喜爱的大婶，病房常有一些她的三姑六婆好友前来陪她聊天。今天林太太心情不错，因为主治医师帮她申请到一台呼吸机让她晚上使用，终于能睡一晚好觉，不会再半夜被喘醒了。我敲门进去的时候，几个没见过的中年妇女围绕着林太太聊天，病床上摆了好几盒切好的水果。柔和的阳光、风，今天的病房没有疾病与死亡，像极了假日午后一场小小的野餐。

林太太看到我，举起她还可以动的那只手，招呼我来吃水果。我有点吓一跳，忙着说不用了不用了，想赶快做完理学检查，逃离这令人心酸的幸福场景。林太太笑脸吟吟，拿着一盒洗好的葡萄推到我面前，半命令地说：“来啦，拿几颗去吃啦，没关系。”

这时候的林太太，看起来就像某个亲切的邻居大婶，端着一盘别人送的水果挨家挨户敲门。阳光从侧面的玻璃窗照进来，她脸上的线条和缓，呼吸也没那么喘了，看不出来体内有个时钟正在倒数计时。我看着那盒水滴未干的葡萄，以及林太太的笑脸，不知道为什么想起每次回家，老妈总是削好超大一盘水果霸道地推到我跟前说：“来吃！你自己住外面一定都没在吃水果。”

我只好唯唯诺诺地拿了三颗葡萄意思一下，落荒而逃回到护理站的讨论室，在角落的水槽旁边，一个人把葡萄慢慢吃掉。咬下去，葡萄甜甜酸酸的汁液一下子溢满口中，一种幸福的味道。

我想我之后行医生涯，应该会常常想起这三颗葡萄的味道，以及这个有阳光的午后，病房里一场小小的野餐。

脸 谱

病房里陈列着各式各样的脸谱，像京剧一样，每个脸谱代表着不同的故事。嘴角犹似有槟榔汁的砂石车司机之脸，殷实小生意人的和气生财之脸，郁郁寡欢失业中年人之脸。每张看似不同的面孔底下，都藏着不为人知的祸胎——癌细胞在阴暗潮湿的口腔中悄悄孵育，像秋天雨后的森林里，一朵恶意的毒蕈。

这两周轮训到耳鼻喉科的头颈癌组，病房里人数最多的便是口腔癌病人。每位口腔癌患者病灶虽不相同，病史却搬演同一套剧本。大约是口腔里一块伤口长久没好，不痛也不红不肿，没怎么在意；之后某天洗澡时却发现颈子上肿了一个小块，是癌细胞在淋巴结中占地为王。如同其他厄运、车祸与鸟粪，癌症总是突如其来，在一切美好的晴天里凭空落在身上。

大学四年级时，曾在学校实验室里帮忙处理口腔癌的切片标本。那些染色好的玻片放在显微镜下，焦距调好，视野里出现了艳艳的沃土，那是口腔黏膜的地形剖面图。癌细胞的溃疡在地表形成火山口，艳红色的熔岩向下流窜，在血肉的领土上大肆扩张自己的势力。

不同人的肿瘤，在蜡块里静静封藏着不同的故事；但显微镜下的癌细胞，却都有着相似的脸。它们比较趋近于生命原始的形态，被激发了，充满野性，在广阔的黏膜草原上奔跑、繁殖。它们拒绝依照基因的天命行动，成为坚硬扁平、具保护性的表皮，反而深入软组织内攻城略地，建筑自己的城寨，据地为王。

然而，有些肿瘤细胞潜意识里带有前世的记忆，即使已经癌化，依然像上皮细胞一样分泌着角质。那些深埋组织内的角质，在染色下形成一串桃红色的珍珠（角化珠，keratin pearl）。显微镜底下那肿瘤切片里，如锦盒坠地，红色背景下大大小小的珍珠四散各处。

我所看到的那片玻片，取自一个年轻室内设计师的嘴唇。曾经红润柔软的嘴唇，槟榔汁四溢的嘴唇，潮汐般吻过许多女子与酒杯的嘴唇，咬着滤嘴镶有金色英文字的洋烟的嘴唇。

带着肿瘤的嘴唇最终被切下来，与癌细胞一起封在蜡块里。

所有的故事都失去了声音，所有来不及说出口的语言，都绑上铅块沉入湖底。

照着病历号，我翻出他的病历，厚厚一叠，对应着折磨的重量。英文字在病历纸上排列组合，记载了一个故事：二乘三公分的溃疡，三个月，有抽烟、喝酒、嚼槟榔的习惯；何时发现病灶，何时做了病理切片、做了全身骨扫描，又何时做了计算机断层，显示颈部淋巴结转移。

那些冷硬的医学名词迷宫之间，渐渐浮现出一张年轻、英俊的脸。他没读过什么书，年轻时从学徒开始做起，肯拼，肯干，终于二十几岁就有了自己的工作室。他喜欢穿紧身黑 T 恤，偶尔上健身房，平常喜欢跟朋友或客户到热炒店吃一餐，烟与槟榔则是他燃烧黑夜成创作温度的帮手。拼个几年，存点钱结婚之后就不用再这么累了。他洗了脸，看着镜中黑眼圈的自己，似乎变瘦了；揉揉眼睛，自言自语："应该是最近经常熬夜，火气有点大，嘴巴里的伤口怎么一直都没好……"

手术开始。

病人全身被绿色的无菌单埋住了，只露出半张被碘酒染上淡淡颜色的脸，脸上有一些线条，是下刀时的记号。手术刀划过病人的脸，绷紧的黄色表皮随着刀痕分开，露出底下白色的皮下组织；鲜血渗出，我手持抽吸器的铁管紧跟在刀痕之后吸去血迹。几分钟之后，病人的脸颊便与其上半部分离开了。接下来气动锯锯开他的下颌骨，我们的目标是要取下大约四分之一的脸。

病人在麻醉下深深睡着，丝毫不知道此刻自己熟悉的面孔正在一点一滴剥落。

头颈部由于解剖结构复杂，充满了骨头与大血管，手术时无法像其他肿瘤手术一样大开大阖，把癌组织一网打尽；而且位于脸上的显要位置，常常为主刀医师留下难题。切得少一点，就有癌细胞扩散的风险；切得多一点，整张脸孔就变得支离破碎。

曾经跟过一台非常罕见的刀，病人的癌瘤深埋在鼻窦内。鼻窦是脸底下四通八达的密道，上至额头，后可延伸至大脑前方。主刀者在他的面孔中央开凿了一个大洞，将整个左眼，连同眼眶、鼻子，全数切除。我站在手术台旁，看着那取下来的眼睛与鼻子，半张脸，像一块瘫软的黏土，陈列在绿色的布巾上；眼睛灰蒙蒙地半开着，依然睁着盯着我瞧，那已死的目光像是要看到心里深处，告诉我他的悲惨故事。

因为拥有整形外科坚强的后盾，耳鼻喉科医师可以放胆地开刀。只要遇到口腔癌的刀，那间刀房整天都要被包下来了。早晨九点左右开始下刀，耳鼻喉科在上面清除肿瘤，整形外科同时在大腿另辟战场，取厚实的大腿肌做重建的皮瓣。

中午左右，肿瘤已切除完毕。耳鼻喉科医师留下几条血管的断端，给整形外科接血管。下午场是整形外科独挑大梁，将带有血管根部的大腿皮瓣接上头颈部的血管，让它在异乡生根，重回血液流域。

从大腿到脸这段距离，虽然短，外科医师却已经走了好几十年。

皮瓣重建手术的成败，绝大部分取决于血管是否接得顺利。有时血管彼此接纳，那块苍白的肉开始出现血色；若是血液流通不顺，则必须把线全部拆掉，重来一次。此时已经晚上七八点，一台刀开十二小时在这里是稀松平常的事。

手术后通常会多观察一两个小时，病人才能从麻醉中醒过来，推出刀房；然后在往后漫长的岁月中，逐渐摸索认识自己的第二张脸——疾病的脸。

研究指出，口腔癌患者同时罹患忧郁症的比例极高。

这种癌症与喜好奇袭般远端转移的肺癌不同，它是稳扎稳打的军事家，一个淋巴结接着一个淋巴结地攻城略地，以局部转移为主。曾有位主治医师跟我说过，他在医科学生时期曾经下乡服务，看见因医学尚未普及而病情拖延许久的口腔癌病人，从此发誓以后哪种死法都可以，就是不要得口腔癌。

他说，他看到那些坐在三合院前的老人，脸颊已被癌细胞吃烂一个大洞，透过那个无言的深井，可直接看进口腔；纱布挡不住黄白的脓液渗出，苍蝇在一旁飞绕，没人愿意靠近。他日夜看着镜子里，自己熟悉的面孔逐步被癌细胞吞噬，由内而外翻转成另一张癌之脸。偏偏口腔癌的特色是，要是没有感染或其他并发症的话，这样的状况还有许久寿命可活。

在全民健保的时代，这样的故事似乎少得多了。然而走在医院里，依然可以明显地辨认出那些口腔癌患者。大多数的癌症切除后对外观几乎完全不影响，但脸不是。脸是书皮，是封面，唯有翻开它，才能进入内文的主题；但他是一本命运印坏了的杂志，人们走过他身边，留下狐疑又恐惧的眼神，低下头，加快脚步离开。

他默默地把口罩拉上。

那些病人们常安静地聚集在交通车的等车处，在不同院区的门诊之间游牧。面无表情，赖以灌食维生的鼻胃管从鼻孔里伸出来细细地像一条蛇，往后绕在耳朵上：他们是哀愁的弄蛇人。

然后是他们的脸颊，像是做坏的捏面人一样，被塞了一块颜色与周遭不同的突兀面团。补上去的皮瓣填满脸上伤口，却也牵连了两片嘴唇；从此城门紧闭，困住了发音与进食。

门诊病人大多是手术后回诊的老病人，那些皮瓣被时间渐渐抹平，颜色转淡。但随之而来是组织自己纤维化收缩的力道，缓慢却坚决如一副门闩；若缺乏复健，有可能永远地关上了嘴巴。

之后便是长达数年的抗战。病人被教导练习张嘴，张嘴，如鱼渴望氧气般，日复一日艰难地张着嘴。若是现在嫌痛不张，之后等组织定形，就再也无法开口了。

无法开口，也无法紧闭；唇角是胚胎发育时，大自然之手的巧思，整形外科再如何出神入化，也无法重建另一个功能完全正常的唇角。

曾经访谈过一位口腔癌的病人，因为术后的纤维化，他无法张口，只能用可以动的那边的嘴唇，艰难地挤出一个一个字。有些调皮的字，从无法紧闭的嘴角随着风溜走了，病人迟疑了几秒，看了我一眼；但我并不特意去追赶它们，假装我听得懂。

在访谈过程中，一丝口水离开唇角的缝隙，缓慢地沿着皮瓣的弧度垂下来，在阳光下拖着晶莹的尾巴。他的妻子随侍在旁，每隔几分钟，就要帮他把口水擦掉。我不知她怎么重新认识丈夫新的脸孔，或是怎样在他汤汁、口水滴得到处都是时，学习像照顾他们共有的小孩一样，照顾他。

每次门诊，病人一个一个排着队，吃力地把嘴张到最大，主治医师拿尺衡量嘴巴张开的距离；二点五公分，三公分，逐一记录在病历上。对，很好，今天有比之前进步哦，回去要继续练习张嘴巴。病人带着一丝被称赞的羞怯，讪着脸点点头。

那是最艰难的一段距离了；许多病人前半生走过了有风雨也有晴天的长路，后半生却待在家里，与他们的脸，在公分与公分之间，进行一场无声的拔河。

精神时光屋

童年的时候，最热门的漫画不是《海贼王》或《火影忍者》，而是鸟山明的《七龙珠》（是的，伟大的作品，至今还排行在史上最卖座漫画榜前几名）。里面有个到现在仍在各种热血漫画中如地下茎般绵延发芽的设定：精神时光屋。

那是一栋位于天界的神秘空间，在那里，空气是地球的四分之一，重力却是四倍；在精神时光屋里修行一年，外界只过了一天而已。里头只有一个出入口，除此之外别无其他景物，为的是让主角在里面专心练功，从那空白的空间中破茧而出之后，功力足以脱胎换骨。

走进复健科，感觉像一不小心踏入了精神时光屋。

我小时候常因为打篮球而手指吃萝卜[1]，去看家里附近的复健科诊所。每个礼拜有三天的晚上，大约是放学之后的尖峰时刻，要坐着老妈的机车穿越下班车潮，去那家小诊所做物理治疗。

复健科诊所大多数的客群是一些肩颈腰退化疾病的中老年人（骨刺、椎间盘突出之类的问题），因此给我一种国术馆般陈旧昏黄的印象。诊间的墙壁贴满了各种报刊、杂志剪下的健康专栏，小心地用胶膜包好，但其中好些都发黄、破旧了；内容大多是提醒你注意小孩脊椎侧弯，或是吃维骨力对软骨有帮助之类的卫教广告。秃头的医师坐在诊所一角隔出的小房间内，做几次复健之后就要进去小房间给他再评估一次。他偶尔会出来短暂巡视一下诊所里做着复健的病人，然后又缩回那个小房间内；每次看到他似乎都愈缩愈小，快要像墙壁上贴的旧剪报一样发黄、消失了。

然后我就被年轻的物理治疗师领到其中一张治疗桌前坐着；她会从一个大锅中夹一条热烘烘的毛巾叫我包着手指热敷，转头又去忙别的病人。十分钟之后，像忽然想到我似的（但我相信在她团团转于整个诊所一桌一桌的病人之间，应该像人手不足的小吃店里同时负责切小菜、上菜与结账的老板娘那样，脑子里精密

1　俗语，称手指关节挫伤为“吃萝卜”，因为关节肿胀看起来像萝卜。

无比地列出各种工作清单），把逐渐冷掉的毛巾拿走，用一个有着温润触感的超音波探头帮我做深层热敷。

在那些手指不能动弹而茫然等候的时光里，让我有充足的机会观察四周。

诊所里摆满了那些由各种滑轮、皮带构成的复健器材，像是科博馆里陈列着“你也可以拉起一百公斤”之类、钢梁间充满力学色彩的物理游乐设施。但是在这里，每个滑轮组底下吊着一个个老人，像吸鸦片般享受地、面无表情地在做拉腰、拉颈子的复健，导致我对于整个场景充满着烟雾弥漫的错误印象。

在那活蹦乱跳一刻也坐不住的中学、小学时代，居然曾经有这么几次没有任何人搭理我、被逼着什么也不能做（因为吃萝卜的往往是右手，而无法带小说来翻看），在一群复健的老人之中陷入一种混沌催眠般软绵绵的无聊时光。说也奇怪，许多中学、小学的记忆都被压缩成面目模糊的集合体，但是至今仍能鲜明地想起那间诊所发生的事。透过贴有诊所名字的玻璃拉门洒在地上的阳光渐渐变暗，门外十字路口红灯与绿灯轮流亮起，那些巨大的车流停止又复往前冲；但诊所内的时间，仿佛被那些把躯干向上拉伸的机器给无限延长了，我一边做着复健，一边脑子里什么也不想地看着日光在天际线彼端慢慢消失，然后等着这个城市的街灯逐一亮起。

我一直带着这个印象来到医学院，而后来才知道，大医院里的复健科与复健科诊所有着不同的形态。它可以粗略算是院内骨科与神经内、外科的“下游产业”；那些中风过后或是车祸等原因脑部损伤的病人，在经过急性期治疗之后稳定下来，但若状况还没好到可以出院，大多会被转来复健科做后续康健。

因此，复健科对实习医师来说是一个评价极佳的“爽科”；因为病人实在太稳定了，大多不会在半夜里出什么乱子，最多是换换尿管、鼻胃管什么的。每天早上治疗的时间到了，那些坐着轮椅、挂着鼻胃管的中风老人，面无表情地像盆栽一样被看护推去治疗室做复健；中午回来吃饭及午睡，接着又是下午按表操课的疗程。

病人在这里住院都是数周甚至上月的，早已习惯日复一日的作息规律，家属也放心地久久才来一次；医院的治疗似乎与病人形成一种共生共荣分不开的亲密关系，病房与隔邻的复健治疗室成为他们日常的领土，散步与社交的后花园。

但是有时病房里会由神经外科送进来一些车祸开刀的病人；

他们大多年轻，但状况其实比那些中风的七八十岁老人还差。我曾经接过一个十五岁男生，偷骑机车兜风时发生车祸，开过刀之后还是呈现昏迷状态。因为病情已经稳定，且需要开始做复健以免关节挛缩，因而转来我们复健科。

我看见他时，他被剃了脑外科手术所必需的光头只长了一点短短的头发，缝线疤痕还很鲜明，清秀的眉眼紧闭，有一种趋近中性的阴柔气质。病床床头柜上摆了好大一张同学们送来的祈福卡片，相片中的男生顶着一头像是日本视觉系艺人的金发，在同学的簇拥下，灿烂笑着。

而在病房旁的治疗室里，我遇见了同样是因为车祸而进来做复健的女孩。她的右脚踝粉碎性骨折；骨科医师把踝关节用钉子钉成一个固定的角度，虽然不再能灵活地上下翻动，但是这是维持足部步行功能的最好办法。她为了做复健而休学一年，但是主治医师问起之后有什么打算，她抬起头来笑着说："当然要回去上课啊！我超想念班上同学的。"

四周那些做复健的病人像是机器人舞蹈一样，反复上下小楼梯或移动砝码，日复一日锻炼着自己病后蛀朽的筋骨。午后的空气清清凉凉，每个人都吃力而缓慢地朝着某一个目标前进着。跌倒了，爬起来，微笑着再来一次。

他们的目标不是变身成超级赛亚人，而可能单纯只是能从长久的睡眠中醒过来，或许是再一次跟正常人一样在大街上散步，又或者是能自己拿汤匙吃饭、自己换穿衣服等琐碎小事。

为了这些小事，他们在时间如冻结一般漫长的精神时光屋里，日复一日几近严苛地锻炼着自己。

膝 盖

门上红色号码灯的数字跳了一次，一个拄着拐杖的胖阿嬷起身，把其中一支拐杖夹在腋下，艰难地推开门，走进诊间。

几乎在短短的几秒之间，我就能猜到大概又是一个退化性关节炎的病患。体重过重，年老，O 形腿，步履蹒跚；半天的骨科门诊里面，大概有一半以上都是这类病人。

关节是时间的容器。关节内的软骨是最诚实的，过了某一个时间点，它们就从此永远停止生长，走向衰退。那时间点是二十岁、三十岁，或是四十岁？没有人能够给出一个确定的数字。但是过了那之后，膝盖就有如中世纪的华丽城堡，一夜之间所有穿着晚礼服的宾客离开，主人锁上城门，城堡里的灯虽然还亮着，但事实上从那一刻起，已经从内部开始无可抑制地崩坏了。

那些富含水分的软骨是骨头之间的衬垫，默默地吸收着双脚踏出每一步产生的震荡。等到软骨基质磨损殆尽，而硬骨相互摩擦时，每往前走一步，骨子深处便有着酸酸的感觉，一种隐约的疼痛。负责制造基质的软骨细胞，成熟之后会不断往外分泌胶质，充实了软骨，却因此将自己困在狭小的空间内。那些软骨缺乏血管供应，也没有神经而不会感觉疼痛，长久的耗损中只是不发一语，一点一点萎缩变小，终至消失。

曾经随岛内的医疗团体到山区部落义诊，来看诊的原住民妈妈们，膝关节大多都严重退化，弯成奇特的角度。那些五六十岁的妇女，许多人的大半辈子都在山间做着粗活，不是在工地当临时工，就是自己照顾果园，挑着水或肥料，在同样的路上，来回走着。

她们的膝盖因此日益磨损，那些曾经支撑过一座高塔的钢筋水泥，渐渐朝着时光的弧度歪斜了。子女都到城里工作，不需要出门的时候，她们喜欢待在铁皮搭建的家门前，拉张板凳，晒太阳。这时候只有阳光前来探望她们，她们就被困在自己的膝盖里，哪里也去不了了；和那些软骨一样，用剩余的时光日复一日等待着，逐渐被磨损、消失。

迁 居

整个晚上，雨淅淅沥沥一直在下，一直在下。

我所居住的这个城市边缘台地一向多风多雾多阴雨，尤其是最近寒流来袭，东北季风带来丰沛的水气，往窗外一看，夜晚的灯火像水墨画一样晕开了。

不知道为什么，这总是让我想到小时候住的旧公寓。人的记忆是从几岁开始有的呢？是以怎么样的形式躲在大脑皮质皱褶的深处的呢？至今似乎还是没有正确解答。但是我对那间公寓的最初印象，是灰色的雨。

灰色的雨，不再洁白开始剥落的油漆，生锈的铁窗，黑色一汪一汪的壁癌（墙壁斑驳）；幼年不知道几岁的我被人抱着，在窄仄的长廊上来来回回地走。我仰着头的视线刚好看得到天花板和墙壁夹出直角处那群壁癌的菌落，尤其是两面墙与天花板构成的边陲地带，黑色的霉菌更是肆无忌惮沿着油漆龟裂处蔓延开来。

我妈每次讲到我小时候，必定会唠唠叨叨地说我真是个精力过剩的小孩，不管怎么哄都睡不着，而且有一个很大的坏习惯，就是一放回床上就醒。

会吗？我在小儿科看到的小孩几乎无时无刻不在睡觉欸。

真的没骗你。那时候你超黏我的，只要放回床上就哭，整天抱，抱得手好酸，但是你眼珠还是骨碌骨碌地转，好像任何有颜色的东西都能够引起你的兴趣。怎么办？只好沿着走廊绕圈子，让你盯着空白的墙壁看总该能睡着了吧。但你不是，你依然很有精神，而且看着看着居然还自己笑了起来。天啊我那时候吓死了，人家不是说小孩子能看到“另一个世界”的东西吗？那几年你爸老是跑业务不在旁边，家里只有我一个人，我只好抱着你一边走，一边默念南无观世音菩萨。

我妈眼睛瞪得好大，我笑笑地听，欣赏她每次讲到这段都会像说鬼故事一样绘声绘色的表情。我始终没有跟她坦承，那些菌落所构成的几何形状，在幼时的我眼里变成了绵延的山脉地图：深紫色的天空，山坳处浓淡不一的阴影，偶尔可见一团一团墨绿的树出现在棱线的影子上，再过去有黑色的湖，再过去……

我在这种自得其乐的想象中睡着了。这个长壁癌的旧公寓，就是我最初的世界。

一觉醒来，外面依旧下着雨。

幸好我身处医院里，平常上班只要刷个卡，玻璃门开玻璃门关，穿过温暖明亮的地下街，有着茶叶蛋热烟与咖啡香气的便利商店群，搭电梯，就能抵达病房护理站。我通常六点多出门，经过 7-11 便利店的时候快速浏览一下当天报纸的头条，接着去餐厅区买已经做好并摆着、热腾腾的蛋饼当早餐。已经许久不用带雨伞了，讨厌的冬雨变成一种无害的窗景，在这个庞然如蚁巢延伸的医院里来来回回，就算外面大雨冰雹刮台风，这里永远干燥温暖，我们都包裹在纯白的安全感之中。

我通常会在七点晨会之前把我的病人先看过一遍，抄完检查报告，看一下手术排程上今天有谁要开刀。今天第一台刀是子宫肌瘤，开“子宫全切除手术”。养了二十几年的肌瘤几乎占满整个下腹部，大到没办法用腹腔镜开，必须直接开腹。子宫肌瘤是个很讨厌的东西，虽然大部分都温驯地寄居在那没什么恶意，但是时常造成经血滴滴答答地流个不停，像冬天一下就半个月那种阴阴的冷雨，挥之不去。

我们家的厕所，偶尔也可以看到这种血流成河的场面。一个月总是有一段时间，厕所里的垃圾袋会堆满像是画了太阳一样的棉垫；偶尔还可以看到马桶边卡了一圈冲洗不掉的淡淡血迹，像是小时候水彩笔的洗笔水。

后来我妈去妇产科检查，“你这个子宫肌瘤很大喽，要不要手术切掉？不然这样一直失血最后终究会贫血的。”我妈说再考虑一下。

再考虑一下，再等等看。

等什么呢？老妈你在怕什么？

医生摇了摇头。

等到我终于从高中生物课本上学到月经周期之后的某一天，我爸在晚餐的时候宣布，我们要搬家了。

说是搬家，也只是搬到几条街之外，但是这次是我妈理想中的透天厝，四层楼，干净又明亮。

然而，随着搬家之后爬楼梯的频率大增，我妈开始发现她愈来愈容易喘。最后有一天真的受不了了，去看医生，是贫血。于是她开始吃铁剂，但是还是坚持不开刀。

“等你有一天当医生再让你开。”

“怎么可能啦！我现在才大一欸。”

今年我终于变成实习医师，我妈总算答应要开刀了。而我也实现她的愿望，特别找妇产科的老师请求，手术的时候让我在一旁旁观。

今天的第一台刀。

子宫全切除算是妇产科常见的手术，但是推门进去前我还是很紧张，不知道是该面对母亲还是面对一个病人。我妈已经麻醉完毕，嘴里咬着气管内管躺在手术台上。我走近端详她的脸，这张从小到大看了又看、愈来愈苍老的脸，这时在监测仪器的环伺下好像熟悉又好像很陌生；褪去任何脂粉，两眼轻闭，眉头舒展，想必是极信任她儿子参与的医疗团队吧。

第一刀划下，血珠随着刀锋自伤口渗出；接着脂肪被分开，然后是肌肉，是腹膜。掀开腹膜，粉红色的小肠推推挤挤地想要抢先涌出，又被纱布塞了回去。

然后看到子宫了。像一个肉色的大酪梨，安静地躺在腹腔底部，主治医师开始熟练地分离相连的韧带。

电烧刀划过去，血肉分开，带着焦味的烟雾上升，在手术灯下变得稀薄。我站在旁边看着那个表面光滑的肉球，正在一点一点地从它周遭的血肉之间被剥离开，深深觉得不可思议。二十五年前成长于这个子宫里的婴儿，今天站在腹腔之外，手持金属器械，虎视眈眈准备摘下那个曾经住过的老家。这二十五年来，子宫早已分娩出了胎儿，但是那些尚未排除干净的、唠唠叨叨的挂念与爱怜，却在子宫里长成肌瘤，愈养愈大，而且不断流血。

我忽然觉得我知道为什么我妈迟迟不开刀了。她的心中，我依然住在她的子宫里，她的大子宫持续用经血与阵痛哺育了我二十五年，而她始终认为还没到预产期。

但是这一次，我知道她终于下定了决心。

从恢复室推回病房，我穿着白袍来到床边，拿出手机秀出子宫的照片给我妈看。她还吊着止痛剂，勉强撑开眼皮对我微笑。

“哇好大一个，难怪感觉肚子那么重。”她为身体里居然养着那么大的肉球二十几年而感到惊讶，然后想起什么似的微微笑，从绿色布单下勉强伸出手想要揽我的头。“不过你也长大了……子宫装不下，要搬新家了。”

我低下头让她能够得到我的脖子。感觉温热的手掌在我颈上摩挲：啊，好熟悉。这一刻我忽然领悟到，我不再是那个整天黏着她抱的婴儿，也不是那个在她慌乱的怀中气喘而脸色发白的病弱男孩，我即将毕业，成为真正的医生，离开她所孕育所保护的这个家，如同二十五年前迁出她温暖的子宫。

而这次以后，她终于再也不会每个月流血了。

【曾经道别】

最后一夜

距离毕业的时间愈近，面目相仿的日子就过得愈快。值班将两昼一夜联结成过度漫长的一天，等到离开医院时，已经是第二天的黄昏了；日子的脚步，似乎又往前跳了一大格。我完全不记得内科是在怎么样糊里糊涂、稀里呼噜的情况下结束的，一晃眼就到了最后一次值班了。除此之外，整个大内科就像是学生时代拼完整整两周期末考终于解放之后，狂睡十来个小时昏迷中的一个巨大的梦境，头脑昏昏沉沉。所有印象变成片段，醒来之后开始一层一层剥离，那段彻夜不眠的记忆像泡在牛奶里的麦芽饼干一样逐渐软化、溶解消失掉。

内科人力吃紧，每个月的值班日必定是规规矩矩撑到上限的三天一班（而不像妇产科、小儿科有时人手充足，一个月可能仅仅七班或八班）。在那些等待着网络上出现下个月排班表的日子里，每个人都放下正在打印的病历，挤到计算机前去看；仿佛那是紫微斗数或生辰命盘，有经验的老手一眼就可以从班表上自己名字下方那列英文字与数字组合，判读出下个月的运势吉凶。

军中有句格言：“没有爽单位或烂单位，只有爽缺与烂缺。”套在医院也一样适用。明明是值同一个病房，有人值起来哀鸿遍野，死伤惨重，有人就能一夜平安到天亮。往往在值班室里闲聊时总能深刻体会到，这个世界的阳光和雨水从来就不是平均地打在每个人身上。

总是有某些人值班的夜晚，那个护理站就特别的鸡犬不宁。这时值班的医师、护理师们会互相偷偷询问，是不是谁又不小心吃了凤梨（旺来）[1]或芒（忙）果；经过多次交叉比对之后，那个如衰神附体的实习医师名字就会从白板上消失，取而代之成为“林×”“张××”。或许是尽量低调以免招惹路过的神明注意，有些病房真的就这么安静了下来。

然而再怎么样运气好的人，也总会有几次挡也挡不住如洪水猛兽般的状况。那些值内科班的日子里，几乎所有人都曾经有过半

1 台语中，凤梨的发音为“旺来”，有兴旺的意思，但在医疗行业则被许多人视为禁忌。

小时一通电话的经历。那种拖着奔波于各种药单、病历之间的残破身躯回到值班室时，即使已从早上七点多一路忙到半夜一两点，躺到床上却再也无法安稳睡着，因为身旁那支手机不定时会响起空袭警报，轰炸早已千疮百孔的梦境。

那是一种肉体早已瘫软乏力，但精神却仍然紧绷的状态，像一根金属的弦线悬挂在夜空中，稍微一个风吹草动就能发出高亢的声响。病人又喘了，又胸口痛，或持续发烧；种种凶险的状况如噩梦般自黑暗里埋伏狙击着你。

时间静静走着，病人渐渐沉睡，过了一两点那种讨安眠药吃的热门时段了，如果运气好的话可以在此时稍睡一下。然而，夜里的病情总是特别危急，往往一通简短的电话叫 CPR，没有任何缓冲时间，从床上跳起身的一瞬间就要肾上腺素飙升，完全恢复清醒。如此反复下来，天已亮了，我总是拖着一夜没睡好如值班服一般脏腻单薄的身躯去吃早餐。清晨地下街的餐厅里，人渐渐多了起来，是早起的病人们，一些与我一样疲累到身形透明的值班医师，满眼血丝端着早餐，像幽灵一样飘过其中。

值完班不是结束，而又是一天忙碌工作的开始。

但是这已经是最后一次值班了。

那些没值班的人早就收拾行李放假去了，剩下那些被排定多留一天的人们继续坚守着值班室的防线。藏在病房区角落，不起眼的小小值班室是我们的最后堡垒，实习医师们在此吃便当、打屁，交换着知识与八卦。男生值班室像某些港口的小酒馆，门后贴着杂志附赠的泳装美女海报，脏乱、嘈杂，是一个纯阳刚的地盘。

当然值班室里没有酒，通常有的只是不知何年何月喝剩半杯的各种无主饮料，凑在一起倒也像是吧台上红红绿绿的鸡尾酒。而这些与我们一起度过好几个月，而没人想去主动整理的垃圾，连同那些随意扔着的换药用棉花棒、历史悠久的压舌板，以及不知为何出现在这里的拆线包，全部在前一天都被阿嫂清走了。平常聚在这里一起鬼混的战友们此刻也消失了，整间值班室冷冷清清，像清晨等待打扫的酒馆，或是深夜里关门维修的游乐园。

最后一天的男生值班室里只有两个实习医师。我的病房还算风平浪静，但另一位弟兄则很少看到他回来一次。夜里手机铃声此起彼伏，我们接力着彼此的睡眠直到清晨。

阳光渐渐出现在窗口，处理完最后的治疗，已经七点多近八点了。一起值班的同学尚未回来，我把手提电脑放在桌上，打开里面的时钟程序，盯着荧幕上的秒针，自己倒数最后五分钟。

五……四……三……二……一……秒针走过了八点，跨过那条线时依然没有停下脚步。这次倒数没有欢呼，没有烟火，没有互道新年快乐；只有我心里知道，经过了那一个时间点，我已不再是实习医师了。一年来寸步不离的手机此刻安静地放在桌上，荧幕亮着光，像温驯的宠物；此后会有好长一段时间，手机不会半夜响起来，叫你去开药或急救了。

换下值班服，将我摊在桌上的杂物全数扫入背包里。值班室的门在身后关起，我知道我不会再回到这里了。临走前，我特别去各楼层曾经住过的值班室走一圈，它们或许摆设各异，但却同样都已人去楼空。我们留下的记忆与气息都被消除了，一个礼拜之后，新的实习医师将会进驻在每一间值班室内，熟悉着那些棉被的气味、透过窗帘洒进来的光线，以及经历着我们所经历过的各种战斗与折磨。永远都会有不同的人因各种疾病住进医院，而医院里总是有一代代的实习医师接棒值班，时间在这些值班室内像重复着无止境的循环。

但是我就此离开了。走出医院大门，已经是星期天的早晨，外面洒满了五月底金色的阳光，行人穿梭在树影下，脚步轻快，正要赶赴各自的目的地。熟悉的景象，仿佛那些值班过后的假日，看到窗外的阳光代表着一夜折腾终已过去，病房的一切苦痛都可以交给下一班的人接手。有时回寝室火速换个衣服，冲浪板扛着坐上车就前往海边，吹着东海岸来自太平洋的海风，把医院的一切抛在脑后。阳光的出现代表一个晚上结束，值班所赋予的责任与不知接下来即将发生什么状况的忧虑自此终止，我们在新的一天里，又重获自由之身。

但是今天阳光似乎特别耀眼，连空气也感觉格外清新，却隐约也有些以往未曾感觉到的失落。今天以后，所有的实习医师值班室都将对我关闭，那些彻夜不眠奔波在病床之间、与同学在阴暗狭窄的床沿互相加油打气的日子已经结束。

从今天起，我不再是实习医师了。

【后记】

关于本书

这是一本关于实习医师，或严格一点的定义，关于“实习医科学生”的书。

再怎么伟大的医师，或是不直接照顾病人的二线科医师，都曾经当过实习医师。这或许是每个医学系毕业生难以忘怀的一年，那年我们什么也不懂，曾经彻夜不睡，与最险恶的病况奋战，也曾经在二十五六岁的年纪，一起不小心窥见了某些生命的裂缝与核心。写这篇后记的现在，我正担任一般科住院医师（PGY），理论上在各科间流浪的训练形态应该与实习医师类似，但我现在遇到一个休克病患时，脑中只会反射性地出现该如何升压与鉴别诊断，再也写不出当时那种初入临床、对生命或疾病充满好奇与未知的文字了。

或许有些人觉得书中许多故事匪夷所思如小说，但几乎都是真实事件。多数是这一年之中的所见所闻，只是在不影响叙事的前提下，对于病人的信息略作改动；某几篇的主角虽不是我自己，但也是身边的同学、师长们发生过的故事。医院里生生死死，蓄积了浓烈的情感，而我们只能旁观，这一切皆如活生生上演的小说，有亲情，有奇幻；当然也有莫名其妙被愤怒的家属劈头盖脸乱骂一通的经历，惨烈的场景几乎可以写成战争小说了。

感谢在本书中出现过的主角们。有些是病人，在我写这篇文章时可能已经过世了，也有些已康复出院，生命的片段却都被我擅自截取封印于此书中，不断播放。也有些是我的师长或学长学姐，在临床上教我许多，而临床以外也启发我许多，简直是普罗米修斯，将火种传给了赤手空拳的我们。最重要的，是曾经和我一起实习过的实习医师们，大多是我医学院七年的同学。或许你们隐身在字里行间不被看见，如同我们在医院里常常被忽略一样，但其实每个人都是这本书的主角。

这是献给你们的，长庚 M100 级的实习医师们，因为那一年的时光，我们曾经一起经历过。

附录

【附录一】

珍贵无比的……

宇文正（联合报副刊组主任）

两年多前一次文学奖的决审会上，特别支持一篇我相当欣赏的作品，标题是《拍痰》，描述在医院担任看护的外劳与病人的关系。那篇作品，观察细腻，人物历历如绘，文字清爽不雕琢，而且它有着更大的隐喻：这些近年来担负起台湾社会老人、长期卧病者照护工作的外籍看护，她们为病人拍痰，更是为我们这个人际关系疏离，且逐渐趋向高龄的社会“拍痰”。投票结果，《拍痰》顺利抡元。名单揭晓时，我默默记下这个名字“阿布”，当时他是长庚大学医学系六年级的学生。年底，我编选“年度散文选”时，毫不迟疑地把这篇文章收了进去。后来他以“阿布”这个笔名继续书写，去年大放光芒，拿下多项重要文学奖项，是新生代最受瞩目的作家之一。现在，这本散文集《实习医生》呈现在我的面前，是我2013年刚开年收到的第一份惊喜的礼物。

疾病的隐喻，从苏珊·桑塔格以降，许许多多作家以切身经历书写，如华文作者西西的长篇小说《哀悼乳房》，发人深省。而近年台湾文坛诞生愈来愈多医生作家，他们原就是学业竞争场域里的佼佼者，聪明的心智，加上医学的训练，近距离逼视生死拔河的临床体会，对生命的观照，往往格外深刻独到。医疗文学，已然成为散文界不可忽视的大宗。但阿布的这本散文，却不只是加入合唱而已，这本书的独特之处，在于“实习医生”的身份，珍贵之处，也在此。

那是来回往返于医者与病人之间，蝙蝠一般的飞行。实习医生面对教导他的资深医师、医事种种，有着深厚的敬惧；面对病人乃至疾病本身，有着柔软的同情。

他以“开刀房里的巫师”形容麻醉师，“麻醉医师哄我们的灵魂入睡，温暖我们的体温，成为我们的呼吸”。他细写外科医师的手，“戴着乳胶手套的手起落，像芭蕾舞，经过暗室中摔倒哭泣的一万次练习之后，终于能在灯光下演出一场完美的天鹅湖”。然而面对抢救失败的情况，那双手“离开了手术台，垂在身侧……”，那双强壮操刀的手“此刻看起来是如此无力、衰竭，仿佛整个人一瞬间苍老了起来。”而这一双手，教导他亲自操刀切除一节糖尿病足脚趾，握着他的手，一步一步，让刀锋跨越关节间的溪谷，“那是一只温暖而巨大的手掌包覆着我，其上，又有一只更苍老的手，再其上，再其上……这是一个绝对需要亲手教导、传承的“手工业”。在今日动辄批斗、行诸诉讼的医患关系里，这个古老的传承仪式，读来竟有种风萧萧兮易水寒的悲凉。《结绳记事》更写出一位鞠躬尽瘁医师的身影，他在手术进行中倒下，一双在病人体内打结拉稳生命、缝合伤口的手，如今唯一能打的结，是自己的鞋带。那是生活质量低落、劬劬医者一生惘惘的威胁啊！

实习医生面对病人，却常是手足无措的。一位病况进展猛烈的渐冻人林太太，偶然情绪愉悦的一个假日午后，三姑六婆前来陪伴，病床上野餐一般摆满水果。病人半命令地要这个前来做理学检查的大男孩吃水果：“拿几颗去吃啦，没关系。”大男孩唯唯诺诺地拿了三颗葡萄，逃回护理站，在角落边幸福又辛酸地慢慢把三颗葡萄吃掉。这个男孩，面对抢救无效的大二女生，望着她的脸，想象车祸前，她是下了课正要赴约逛街？还是骑着车赶去打工？生活里本该充满化妆、打工、期中考的女孩，为什么以这种破碎的姿态出现在这里？他走回更衣室，全身肌肉疼痛不堪，脑海里疯转着的是一个比自己更年轻的生命刚刚那样仓促忙乱地离开了，而她生命的最后半小时，是这个大她没几岁的实习医师拼了命为她做 CPR，以他的手，代替她的心脏……

最令人动容的是《临行密密缝》这一篇，一位肝硬化末期的中年病人，在心律监视器上纹风不动之后，医师走出病房开医嘱与死亡证明，留下他，为初死的大体拔除身上管路，缝合气切口、放导管的伤口。寂静的病房，只有他，一一将所有外来的管线拔除，细心缝合一个一个“缺口”，还死者完整的躯体，而想起那一首诗：“临行密密缝，意恐迟迟归。”一针一线，是对生命的敬意，温柔的慈悲。

在写作的领域，阿布是个新人，见到他时，完全就像那些“熟练的”病人或医师看待他一般——多么腼腆的男孩子！他善于譬喻的文字，书写了实习医生的专业初体验，无论将来他的医术如何精进，这批文字都是珍贵无比的。身为副刊主编，经常勉励年轻的写作者“莫忘初衷”，这一句话，用在阿布身上更是双重的期许、双重的祝福，无论是医者的身份，还是作家的角色。

（本文为 2013 年版《实习医生的秘密手记》推荐序）

【附录二】

读阿布的医疗散文

陈义芝（作家）

医生作家谱系，前有赖和、蒋渭水，后有王溢嘉、王浩威、拓拔斯·塔玛匹玛（田雅各）等。而今，在这流派，更增添了一个辉煌的光点，他是长于写诗亦精于散文的阿布。

医生作家共同的特色是具有医学专业背景，人文素养极佳，生命感真切，观察敏锐而笔下含情。若干年前，当阿布还是医学院学生时，曾抽空到我的“新诗创作”课旁听。课开在晚上，阿布一身匆匆、略显疲惫神色，但凭着对现代诗的热情，他谦逊笃实地坐在教室后头，话不多，每个礼拜却都有新作，已展露不凡的诗才。

果然这几年，文学创作丰收，到处都看到他得奖的讯息；去年才出诗集，今年又要出散文集了。我与阿布的因缘不深，但遥遥阅读、默默看他向前奔跑，确实对他的执着与成绩怀有敬意。

主题专一的散文集，如果没有充实的内容、丰富的情节、多变的笔法，读来很容易让人因类同而失去兴趣。年纪轻轻的阿布聚焦身体宇宙，观测生命，以犀利的思考，竟能写出三十九篇、篇篇波澜多变的作品！

阿布所经历、凝思的，是大众最切身求索而不熟悉的领域。由于写作时仍是实习医生，尚未决定专科，所以医院每一科别他都得历练，外科、内科、眼科、耳鼻喉科，以至于妇儿、复健、烧烫伤……他抓住令人战栗的话语、心酸的神情，将矛盾难言的感受以剧场般感官呈现；联想力深邃，象征表现的笔法增添了体会事件的层次，更使读者共鸣、感动。例如他以火山口流窜的熔岩描述口腔癌的切片标本，又以锦盒坠地珍珠四散，形容深埋于组织内的角质，说口腔癌病患的脸像做坏的捏面人……

在人生悲喜、愤怨、光辉、挫折、倦怠的舞台，阿布讲述残酷与无奈，心思细微，文字密度精致，为新生代作家中拔尖者。《野餐》《脸谱》《最后三十分钟》《上将》……很多篇令我低回难忘，从而认知了生理的奥秘、灵魂的威胁，卑微、怯懦、幸存或苟活等命题。

（本文原收录于 2013 年版《实习医生的秘密手记》推荐序）

【附录三】

漂浪之后，书写诞生

吴妮民（医师/作家）

漂浪、游牧，似乎是医学教育现行制度下，每位医科学生成长的共同宿命。因此，从二十世纪八十年代末王溢嘉的《实习医师手记》（繁体版野鹅出版，1989 年；简体版九洲出版社，2004 年）、侯文咏的《大医院小医师》（繁体版皇冠文化出版，2006 年；简体版北京十月文艺出版，2008 年，2009 年。）、黄信恩的《游牧医师》（繁体版宝瓶文化出版，2009 年），乃至于阿布的《实习医生的秘密手记》，一代又一代的台湾医师写作者，无不像经历一场成年礼般地将实习时光里、年轻眼睛所见的一切记录下来；在医事文学的写作谱系中，这仿佛已成一种传承或传统。我读完学弟阿布的这本散文集，竟恍然有种又当了一次实习医师的错觉。

论起写作，阿布实已非新手。在《实》书之前，他已有诗集《Déjà vu 似曾相识》（2012 年，远景）及也算散文的游记《绝色丝路·千年风华》（2010 年，大旗）出版。而在《实》书里，或许更可以见到计划性写作的脉络，作者在书中亦自称，这是场有意识地书写：如同一张实习医师的年度排程，从麻醉科、眼科、复健科等的“其他专科”（亦即医界常称的“小科”）、“外科”、“妇儿科”、“内科”，到从医科学生至医师之间、自身发生的转变，这些被划分好领域的故事，恰似一张医院导览地图，叙事分明、肌理清楚，读者们很容易便能循着作者引领的路线，与他一同在各科短暂栖留。

但说实话，我曾想过以同行的眼光来看阿布书写的医事题材，是否会有些失准？毕竟，我们的共同医学养成经验会使同时具备读者身份的我有种“已经看过毛片”再进场看戏的缺憾。在一般读者看来过于写实、血腥或悲凉的情节，其实在我的生命历程中早已目睹；但却也因此，我可以注意到更多细微的部分——譬如那些我们共有的记忆——《临行密密缝》里提到的替过世病人移除管路、将洞口缝合，还病人一具无挂无碍的躯体，或《针扎》里医护人员不慎被针头戳刺后的本能恐惧（是的，我也被针扎过）；又或者，我也曾在急诊遇见《最后三十分钟》里那因车祸而支离破碎、终究无力回天的女孩。我感到熟悉也讶异，原来，即便我与阿布在不同医学院、不同医院甚至相隔数年接受养成教育，看到的都是“似曾相识”的场景，人性恒不变，前线永远有战事。这使我很容易就产生了共鸣。

我更有兴趣的是自己无缘遇上的事件：《移植》所描述的点交眼角膜，在阿布笔下，颇有情报员碰头的冷趣味，文末描述捐赠器官者的“收割”移植手术，却是温暖而悲伤了。和小说《不存在的女儿》名称有谐趣的《不存在的孩子》，则在述说人工生殖故事。其中，阿布将卵子的竞争较量做如此比喻：“这一切就像大人世界里一切幽微较量的细胞版本了。卵子滤泡的成长过程活脱是那些女孩们在同一个课堂、同一间办公室里钩心斗角，互相传递八卦流言放冷箭，或是结成同盟但转身又将之毁弃的生存之舞，只为一种缥缈的被重视感，成为‘一群同侪之中被选择的唯一一个’——如此说来，几亿只精子同时起跑，摇头摆尾向前冲刺的游泳障碍赛，就显得有点热血男性特有的鲁纯耿直了。”

这段叙述可充分看出阿布的想象力与活泼的譬喻。曾有文学奖的评审提到，医事写作的题材本身即吃香，这我同意，毕竟生死场域太过奥妙、神圣或残忍，而医师像是获得礼物一般，竟拥有窥看的特权，将那些对读者来说犹如新鲜柠檬片一般酸涩的真实事件，化为极易打动人心的文字；但这并不表示，由医事写作着手，不需练习文字基本功或锻炼思考的深度，毕竟，它很容易就流于滥情而让散文余韵全消。写诗也写散文的阿布，从诗的领域借来想象和比拟，这也使得他的行文，常常存有特别的视角，是其文引人注目的地方。

而这一长串的医师写作谱系，会否让读者感到雷同或疲惫，我的看法将是“会”，也或者“不会”。要解决前者，得依赖写作者的用功程度——他是否能从前辈使用过的材料间找出无人尝试的新题？还是相同题目他可写得更好直接挑战？后者，则如“生物多样性”一般，虽同为医学背景出身，各家散文写手仍能看出风格差异，类似的体验，也许会有侯文咏式的幽默、黄信恩式的细腻，或者阿布的浪漫纯真版本。在分科极细、隔科如隔山的今日，走往不同科别的医师也总能看到不一样的风景，除了阿布目前是未分科的“一般科医师”外，读者还有眼科诗人陈克华、精神科诗人鲸向海、内科散文家庄裕安等，且这些前辈，亦都走出了自己不同的书写道路。“生命自会寻找出路”，聪明的写作者也是。

我佩服阿布能利用工作余暇完成一系列的书写，曾是过来人，我能体会这些写作时光的珍贵；尤其，他又曾在我们医界戏称的“血汗医院”工作，更显得这些字句得来不易。他在书末特别提到写作本书的原因:“……这或许是每个医学系毕业生难以忘怀的一年:那年我们什么也不懂,曾经彻夜不睡,与最险恶的病况奋战,也曾经在二十五六岁的年纪,一起不小心窥见了某些生命的裂缝与核心。写这篇后记的现在,我正担任一般科住院医师(PGY),理论上在各科间流浪的训练形态应该与实习医师类似,但我现在遇到一个休克病患时,脑中只会反射性地出现该如何升压与鉴别诊断,再也写不出当时那种初入临床、对生命或疾病充满好奇与未知的文字了。”这心情,类同当时我重新翻阅学生时代文章的惊讶与感叹,原来,一开始的我(们)是这样想的!但那激动,数年后,有些已被遗忘。或许,初心一定会老,无论医学,写作,或人生中的其他,但在乎的人必得时时回头浇灌。恭喜阿布,在他交出了这张象征着“医科学生生涯”结束及书写诞生的成绩单时,也祝福他,在这一步之后,能更加明白自己日后的方向,并持续走在写作的道路上。

(本文原收录于《文讯》杂志第 331 期,2013 年出刊)

图书在版编目（CIP）数据

实习医生 / 阿布著. —北京：中国工人出版社，2019.11
ISBN 978-7-5008-7316-7

Ⅰ. ①实…　Ⅱ. ①阿…　Ⅲ. ①故事—作品集—中国—当代
Ⅳ. ①I247.81

中国版本图书馆CIP数据核字（2019）第286911号

著作权合同登记号：图字 01-2019-6462号

实习医生

出版人	土娇萍
责任编辑	董　虹　金　伟
责任印制	黄　丽
出版发行	中国工人出版社
地　　址	北京市东城区鼓楼外大街45号　邮编：100120
网　　址	http://www.wp-china.com
电　　话	（010）62005043（总编室） （010）62005039（印制管理中心） （010）62004005（万川文化项目组）
发行热线	（010）62005049　（010）62005041　（010）62046646
经　　销	各地书店
印　　刷	北京盛通印刷股份有限公司
开　　本	880毫米×1230毫米　1/32
印　　张	7.5
字　　数	120千字
版　　次	2020年2月第1版　2020年2月第1次印刷
定　　价	46.00元